tatort

Schwarzer Peter

Dieses Buch ist ein Roman. Handlungen und Personen sind frei erfunden. Ähnlichkeiten mit lebenden oder toten Personen sind rein zufällig.

tatort

Schwarzer Peter

Kriminalroman von
Oliver G. Wachlin
nach einem Drehbuch
von Katrin Bühlig

emons:

Agentur: WDR mediagroup licensing GmbH
Kriminalroman nach der gleichnamigen ARD-Serie »Tatort«
ARD-Tatort-Koordinator: Prof. Gebhard Henke,
Leiter des WDR-Programmbereiches Fernsehfilm, Kino und Serie
Tatort-Drehbuchautorin: Katrin Bühlig
Umschlagfoto: MDR / Steffen Junghans
Umschlaggestaltung: Weusthoff-Noël, Hamburg (www.wnkd.de)
Druck und Bindung: CPI – Clausen & Bosse, Leck
Printed in Germany 2010
ISBN 978-3-89705-744-9

Wir bedanken uns bei der Redaktion des MDR Mitteldeutschen Rundfunks für die freundliche Unterstützung.

Die Titelabbildung zeigt Simone Thomalla als Hauptkommissarin Eva Saalfeld und Martin Wuttke als Hauptkommissar Andreas Keppler.

Prolog

Ein herrlicher Sonntag: fünfundzwanzig Grad im Schatten, der Himmel wolkenlos. Ideal für einen perfekten Familiennachmittag.

Rüdiger Kuhnert schüttete Holzkohle auf den mit viel Mühe gereinigten Grill. Er war am Freitag von den Nachbarn ausgeliehen worden, und die hatten es versäumt, ihn hinterher wieder ordentlich zu säubern – ein Verhalten, das Kuhnert wahnsinnig machen konnte. Man gibt Sachen so zurück, wie man sie bekommen hat, und das hieß in diesem Fall sauber. Immerhin hatten die Nachbarn den Grill makellos übernommen, blank geputzt und wie neu. Man verleiht keine Sachen, die nicht perfekt sind. Und man gibt geliehene Sachen ebenso perfekt wieder zurück, das war doch eine Selbstverständlichkeit. Aber noch nicht einmal dieses Mindestmaß an Benehmen kannten die Leute heute noch, es war zum Kotzen …

Stopp! Kuhnert wollte sich nicht wieder aufregen. Nicht an diesem schönen Sonntagnachmittag, nicht hier, in seinem idyllischen Zuhause, nicht jetzt, wo sein Töchterchen so fröhlich war:

»Fein, fang! Fang den Ball!« Lina spielte mit ihrem Hund, einem Glatthaarterrier, den sie zum achten Geburtstag bekommen und glücklich Willy getauft hatte: »Fang das! Fang, komm, komm!«

Kuhnerts Frau Susanne machte einen leckeren Salat in der Küche und bereitete Fleisch und Würstchen für den Grill vor. Ein echtes Barbecue hatte er ihr versprochen, gemütlich bei einem Glas Rotwein, ganz harmonisch und entspannt. Es gab ansonsten schon genug Ärger: Ein Kollege hatte sich beim Chef über ihn beschwert, angeblich weil er ihn vor versammelter Mannschaft gedemütigt hatte – lächerlich! Diese Pfeife konnte sich doch nur selbst demütigen, dieses karrieregeile Arschloch war doch nur auf seinen Posten scharf! Wollte ihn absägen, ausbremsen in seinem Elan – Herrgott, was hatte sich Kuhnert schon für die Firma abgerackert, und was passierte? Der Chef mahnte ihn ab, *ihn!* Wegen eines unfähigen Sensibelchens, eines arroganten Sacks, der sich dauernd moralisch selbst überhöhte …

Ganz ruhig, beschwor sich Kuhnert, nicht aufregen, heute ist Sonntag, und der gehört der Familie.

Das Berufliche konnte warten. Morgen würde er allen in der Firma zeigen, was eine Harke war. Er, Rüdiger Kuhnert, hatte sich alles selbst aufgebaut, mit seinem Wissen, seinem fachlichen Verstand. Vom Lehrling hatte er es in fünfundzwanzig Jahren bis in die Leitungsebene geschafft, über alle Widerstände hinweg, hatte nebenher studiert, sich weitergebildet und nicht nur einmal mit innovativen Ideen die Karre aus dem Dreck gezogen. Und jetzt machten ihm irgendwelche praxisfernen Vollidioten den Posten streitig? Niemals! Zehn Leute hatte er unter sich, den gesamten Bereich der elektronischen Steuerung – keine einfache Sache bei derart komplexen Produktionsabläufen. So eine Verantwortung musste man erst mal stemmen!

Verdammt, warum brannte denn diese verdammte Grillkohle nicht? Wahrscheinlich weil die dämliche Nachbarin die ebenfalls ausgeliehene Grillkohle über Nacht draußen hatte stehen lassen!

Aber er wollte sich nicht ärgern. Er brauchte Erholung, neue Kraft für die bevorstehende Woche, auch wenn die Nachbarin Brigitte mit ihrer bekloppten Freundin gerade nebenan durch den Garten latschte.

Na, Schlampe? Grill nicht geputzt? Blöde Kuh!

So hätte er völlig zu Recht rufen können, aber er tat es

nicht. Weil er ganz entspannt war. Weil er sich an diesem Sonntag nicht ärgerte. Über niemanden.

Freundlich lächelte er über den Gartenzaun und hob sein halb gefülltes Weinglas. Nein, ein dreckiger Grill konnte ihn heute nicht aus der Fassung bringen, und deshalb rief er mit betont guter Laune hinüber:

»Hallo, Brigitte!«

»Hallo«, echote die dämliche Kuh zurück.

»Hallo«, grüßte auch Susanne, die eben mit dem Salat und den Würstchen aus der Küche in den Garten kam.

Ach, Susanne! Kuhnert liebte seine Frau. Er liebte sie, obwohl sie den Salat wieder mal in die pralle Sonne stellte. Bei fast dreißig Grad. Herrgott, da war Mayonnaise dran, sollte die etwa schlecht werden? Sollten sie sich alle den Magen verderben? Wie oft hatte er ihr schon erklärt, dass man Salat kühl stellen muss, in den Schatten – dann schmeckte er auch viel besser! Aber mit Frauen konnte man reden, wie man wollte, die begriffen die einfachsten Sachen nicht, die hörten ja nie zu. Da war Susanne keine Ausnahme. Den Kopf überall, nur nicht da, worauf es gerade ankam. War das so schwer zu kapieren? Man stellt Mayonnaise nicht in die Sonne, verflucht noch mal – und basta!

Relaxed, zwang er sich zur Gelassenheit, ganz relaxed. Er atmete tief durch und nippte an seinem Rotwein. Nein, er würde sich diesen Sonntagnachmittag nicht verderben lassen. Nicht von einem zu warmen Salat. Nicht von feuchter Grillkohle, nicht von der Nachbarschlampe oder seiner nachlässigen Frau.

»Mhmh«, sagte er versöhnlich und hielt ihr das Weinglas hin, »probier mal, der ist von deinem Vater letzte Weihnachten. Schmeckt wunderbar!«

Doch Susanne ignorierte das Weinglas. »Hier, die Würstchen«, sagte sie stattdessen.

Als ob er die Würstchen nicht schon längst gesehen

hätte! Sie sollte den Wein probieren, verdammt noch mal, das war ein Friedensangebot! Schluss mit allem, was geschehen war, es tat ihm leid. Und was machte sie? War immer noch beleidigt. Ja, bitte, dann eben keinen Wein, auch egal. Verärgert stellte er das Glas ab, dass der Wein herausschwappte. Es wäre angemessen gewesen, wenn Susanne einen Schluck aus seinem Glas getrunken hätte, und es enttäuschte ihn maßlos, dass sie es nicht tat. Ja, er hatte einen Fehler gemacht, okay. Aber das war kein Grund, immer gleich so übertrieben verletzt zu sein. Nur weil er sich mal nicht im Griff hatte. Was sollte dieses sensible Getue?

Aber das würde er Susanne schon noch austreiben, dieses ewige Beleidigtsein. Es gab keinen Grund dafür, denn heute hatte er sich voll im Griff. Er würde den Ausraster von gestern wiedergutmachen. Es war ein herrlicher Sonntag, und der Abend war noch lang. Sie waren eine Familie, eine glückliche Familie. Sie hatten alles, was man sich erträumen konnte: ein schönes neues Reihenhaus mit kleinem Garten, ein schickes Auto, eine liebe Tochter. Niemand musste sich sorgen.

Schließlich hatte er einen Job, mit dem er gut verdiente. Der aber auch viel Stress und Ärger machte. Da konnte man schon mal die Kontrolle verlieren, das musste Susanne doch verstehen! Ihr musste doch klar sein, dass er sie nicht verletzen wollte. Dass er sie liebte, sie und Lina und das alles hier, was sie sich aufgebaut hatten. Ja, er arbeitete viel, vielleicht zu viel, aber er tat es für Susanne. Und die hatte nichts Besseres zu tun, als ewig Prinzesschen auf der Erbse zu spielen. Stets wollte sie auf Händen getragen werden.

Und tat er nicht genau das? Trug er sie nicht dauernd auf Händen, egal, was es ihn an Nerven und Kraft kostete? Er opferte sich für Susanne auf, und sie dankte es ihm nicht, dieses Miststück!

Sie lächelte zwar die bekloppte Nachbarin an, ihn aber

nie. Für ihn hatte sie immer nur diesen stummen, vorwurfsvollen Blick, egal, was er tat.

Aber heute nicht. Susanne würde schon noch etwas Rotwein mit ihm trinken, da war er sich sicher. Er durfte nur seinen Ärger nicht zeigen, sich nicht aufregen. Die Kontrolle bewahren, freundlich bleiben, charmant.

Geduld, dachte er, ich brauche viel Geduld.

Auch mit dem Grillfeuer, denn das wollte einfach nicht brennen. Ganz sicher war die Kohle feucht geworden, da musste mehr Luft ran, Luft, Luft, immer schön wedeln. Und alles nur, weil diese beschissene Nachbarin die Kohle draußen stehen gelassen hatte. War doch klar, dass die feucht wurde. Morgentau, schon mal von gehört? Gott, die Welt war voll von Idioten!

Und seine Tochter? Was machte die?

»Lina!«, rief Kuhnert genervt. »Was hast du denn da?«

Seine Tochter hielt eine Schleuder hoch. »Von Onkel Michael.«

Eine Schleuder! Das wurde ja immer besser! Zu welchen unsinnigen Geschenken war der Trottel von Schwager eigentlich noch fähig? »Ist ja mal wieder typisch, echt.«

Kuhnert konnte es nicht fassen. Der Kerl kaufte seiner Tochter eine Schleuder, damit die damit auf den Hund schießen konnte.

Willy jaulte auf, und Kuhnert spürte, wie der Ärger immer weiter in ihm hochstieg.

»Immer so einen Mist, echt!« Aber er ließ sich nicht provozieren, denn nur darum ging es: Michael hatte Lina die Schleuder geschenkt, damit er, Rüdiger Kuhnert, wieder ausrastete. Die wollten ihn loswerden, diese arroganten Arschlöcher in Susannes Familie. Hielten sich für was Besseres. Konnten nicht ertragen, dass ihre Susi nur einen »Aufsteiger« geheiratet hatte. Die wollten ihm das Leben zur Hölle machen, aber das würde ihnen nicht gelingen, nicht heute, an diesem schönen Sonntagnachmittag. Der gehörte nur ihm und Susanne und Lina. Seiner Familie. Sie waren trotz allem glücklich miteinander, und diesem Michael würde er es schon noch zeigen. Ganz sicher würde er das. – Wenn nur endlich diese verfluchte Grillkohle durchglühen würde!

Verärgert goss er Brennspiritus über die heißen Kohlen, eine Stichflamme schoss hoch und verbrannte ihm die rechte Hand. Kuhnert schrie auf.

»Suse!«, brüllte er. »Suse!«

»Ja?« Erschrocken kam Susanne ans Küchenfenster.

Mensch, was glotzte diese bescheuerte Trine so? Sah sie nicht, dass er verletzt war?

»Ich brauche ein Pflaster«, schrie er. »Scheiße!« Wütend trat er gegen den Grill. Der fiel um, halb glühende Holzkohle kullerte herum und verbrannte den sorgsam gemähten Rasen. Das war's dann mit der sonntäglichen Erholung. Es ging einfach nicht. Man konnte sich hier nicht entspannen. Niemals! Die wollten ihn hier alle nur wahnsinnig machen. Die wollten, dass er wieder ausrastete, sie warteten alle nur darauf. Und er kam nicht dagegen an, verdammt, er kam nicht dagegen an!

»Suse!«, schrie er erneut. Sein Atem zitterte, und zu seinem Ärger kam die Angst. Nicht wegen der verbrannten Hand, das war halb so wild. Es war die Angst, die Kontrolle zu verlieren. Wieder einmal. Er spürte es ganz deutlich, er hatte sich nicht mehr im Griff, und das machte ihn rasend, obwohl er es nicht wollte und mit aller Macht dagegen ankämpfte.

Dabei sollte es doch einfach nur ein normaler Sonntag mit der Familie werden.

Aber Kuhnert schaffte es nicht. Die Wut war stärker als er. Sie nahm Besitz von ihm, und es war, als müsse er gleich explodieren. Sie beherrschte ihn.

»SUSE!!!«

EINS

Wo sind die Beine?

Kriminalhauptkommissar Andreas Keppler stand unterhalb des Stelzenhauses, eines Restaurants mit betont edlem Chic am Karl-Heine-Kanal, und sah nachdenklich aufs Wasser. Taucher suchten den Grund ab, bislang ohne Erfolg. Bei einem Ausflug mit dem Ruderboot hatte eine Familie die Leiche eines Mannes entdeckt. Mit abgehackten Beinen und in einen Müllbeutel verpackt trieb sie aufgedunsen in den Fluten. Furchtbar. Wasserleichen waren ohnehin so ziemlich das Entsetzlichste, was einem unter die Augen kommen konnte. Vor allem wenn sie schon tagelang unterwegs waren. Man konnte sich angenehmere Entdeckungen auf einem Sonntagsausflug vorstellen.

Die Familie stand unter Schock und musste ärztlich behandelt werden. Auch Kepplers Kollegin Eva Saalfeld kümmerte sich um sie und reichte dem kalkweißen Vater ihre Visitenkarte.

»Wenn Sie Hilfe brauchen: Sie können jederzeit anrufen.«

Na ja, dachte Keppler, ich hätte denen lieber einen echten Psychologen empfohlen. Einen Seelsorger oder einen ausgebildeten Traumaspezialisten. Der wäre für die Familie angebrachter als eine besorgte Kriminalhauptkommissarin. Und wenn der Rechtsmediziner, dieser Dr. Johannes Striesow, nicht endlich in die Pötte kommt, brauche ich auch einen Seelsorger.

Missmutig sah Keppler zu ihm hinüber. Die ganze Situation war unbefriedigend. Der Fundort war nicht der Tatort, also was sollte er noch hier? Täterspuren würden sich hier kaum finden lassen. Und Striesow hockte nun schon eine geschlagene halbe Stunde über der Leiche. Ein Wunder, wie der Kerl das aushielt. Es waren gut dreißig Grad im Schatten, und der Tote stank, dass es einem den Magen umdrehte.

»Ihr bringt die Familie bitte nach Hause«, wies Eva zwei uniformierte Polizisten an und strich der schockierten Mutter noch einmal tröstend über den Rücken: »Alles Gute.«

Menzel lief in seinem weißen Overall herum, machte Fotos und versuchte Spuren zu sichern, wo keine Spuren waren. Immerhin bekam er von Striesow irgendwelche aufgeweichten Geldscheine aus den Taschen des Toten, sorgsam in Plastiktütchen verpackt. Der Spurensicherer registrierte sie eifrig und widmete sich dann seinem Analyseköfferchen. Mit Glück konnte er herausfinden, wann und aus welchem Geldautomaten die Scheine gezogen worden waren. Mit sehr viel Glück.

»Und?« Eva Saalfeld kam heran und hockte sich neben den Rechtsmediziner.

»Fünf bis acht Tage, denke ich«, antwortete Striesow. »Die Strömung hat ihn hochgetrieben.«

Eva wandte sich ab; auch sie hatte Mühe, sich nicht übergeben zu müssen.

Striesow zeigte ihr den Abdruck am rechten Ringfinger des Toten. Der Ehering fehlte. »Da wollte wahrscheinlich jemand seinen Gatten loswerden.«

»Dafür hackt man ihm gleich die Beine ab?« Eva rang mit ihrer Übelkeit. »Loswerden kann man Männer auch anders.«

Vor allem, fragte sich Keppler erneut, wo sind die Beine? Irgendwie hatte er das Gefühl, dass dies genau der Haken war, um den sich alles drehte: die fehlenden Beine des Toten. Warum wurden sie abgehackt, und wo befanden sie sich jetzt? Trieben die auch im Kanal? Oder hatte der Täter sie als perverse Trophäe behalten? Es gibt so viel Wahnsinn in der Welt, da war Keppler nichts fremd. Alles kam in Frage. Zwar deutete der Zustand des Toten mehr auf eine Abrechnung unter Kriminellen hin, aber vielleicht war es tatsächlich ein irrer Gattenmord.

»Sieht eher nach einem Mann aus«, mischte sich Striesow in die Tätersuche ein, »weil, um das hier zu machen, braucht man eine Menge Kraft ...«

»Oder eine Menge Hass!« Keppler ging das schwammige Geplänkel des Rechtsmediziners allmählich auf die Nerven. Wenn Vermutungen alles waren, was diese selbstverliebte Koryphäe der forensischen Pathologie nach dreißig Minuten Untersuchung einer stinkenden Leiche vorbringen konnte, hätte Keppler genauso gut oben im Stelzenhaus ein Glas Wasser trinken gehen können. Das schlug nicht so auf den Magen.

»Fünf bis acht Tage, sagst du?«, erkundigte sich Eva bei Striesow.

»Auf den ersten Blick«, mogelte der sich erneut um genauere Angaben herum.

Herrgott, dachte Keppler, es ist zum Mäusemelken. »Mehr haben Sie nicht?«, fuhr er den Rechtsmediziner an.

Der verzog das Gesicht zu einem schiefen Grinsen: »Also, wenn Sie mich so nett fragen ...« Mit seinen Einweghandschuhen schob er das nasse Hemd des Toten vorsichtig zur Seite und deutete auf eine Schnittwunde am Bauchraum. »Das hier könnte auch todesursächlich gewesen sein ...«

»Wie alt schätzt du ihn?«, fragte Eva.

»Ungefähr sechzig ...«, Striesow korrigierte sich, »fünfzig bis sechzig.«

»Messer?« Keppler überwand den Ekel vor dem Verwesungsgeruch und besah sich die Bauchwunde genauer.

»Möglich«, erwiderte Striesow, richtete sich auf und lächelte selbstgewiss: »Was ich aber jetzt schon definitiv sagen kann, ist, dass ihm die Beine abgetrennt worden sind.«

Na, das war ja eine tolle Erkenntnis! Keppler konnte es kaum fassen. »Was Sie nicht sagen«, bemerkte er spöttisch und wandte sich kopfschüttelnd ab.

»Postmortal?« Eva blieb sachlich.

»Mhm«, machte Striesow unbestimmt und sah Keppler beleidigt nach.

»Wann haben wir denn die nächsten Ergebnisse?«, rief der im Weggehen.

»Wie immer so schnell wie möglich«, antwortete Striesow bitter und setzte ein spitzes »Herr Kollege« hinzu.

Keppler winkte ab und stieg die Stufen zum Stelzenhaus hoch.

»Dass du mit dem mal verheiratet warst«, Striesow sah Eva vorwurfsvoll an, »das versteht keiner.«

***

Das Problem von Dr. Johannes Striesow, so sah es zumindest Keppler, war dessen verletzte Eitelkeit. Der Rechtsmediziner war größer und kräftiger als er, ein gut aussehender Mann, und konnte trotzdem nicht bei der schönen Eva Saalfeld landen. Stattdessen hatte die ihn, ihren Exmann Andreas Keppler, aus Wiesbaden als beruflichen Partner nach Leipzig geholt. Für Striesow ein völlig unverständliches Verhalten. Aber machte das die Frauen nicht gerade interessant? Dass sie sich grundsätzlich anders verhielten, als die Männer es erwarteten? Dass sie ihnen immer ein Rätsel bleiben würden?

Klar war, dass sich Striesow seit Jahren um Eva bemühte, und eine Zeit lang hatte es auch so ausgesehen, als würde sein hartnäckiges Werben von Erfolg gekrönt werden. Doch dann kam Keppler. Seitdem lief mit Eva gar nichts mehr, alle weiteren Annäherungsversuche waren grandios gescheitert. Striesow litt, doch gewisse Dinge musste man pragmatisch sehen. Das Scheitern sozusagen als Chance begreifen.

Auch Keppler hatte beziehungstechnisch bei Eva versagt und sich damit abgefunden. Er war eben ein besserer Kriminalist als ein guter Ehemann, und als solcher galt es, die Todesumstände jenes Mannes herauszufinden, der zum Paket verschnürt und mit abgetrennten, bislang nicht aufgefundenen Beinen im Kanal gefunden worden war.

»Irgendjemand muss den doch vermissen«, überlegte Eva, als sie eine gute Stunde später wieder in ihrem Büro am Computer saß und sich durch die Fotos klickte, die die Spurensicherung von der Leiche und dem Fundort gemacht hatte.

»Fingerabdrücke?«, erkundigte sich Keppler.

Eva schüttelte den Kopf. »Das Labor kann wegen der Waschhautbildung an den Händen keine nehmen.«

Ja, dachte Keppler, die Leiche lag einfach zu lange im Wasser. Er stand vor einem Stadtplan und studierte eingehend den Verlauf des Karl-Heine-Kanals. Vermutlich war der Tote von einer Brücke ins Wasser geworfen worden. Brücken hatten den Vorteil, dass man mit dem Auto heranfahren, den Toten aus dem Kofferraum holen und einfach fallen lassen konnte. Und dann war die Leiche langsam hinunter bis zum Stelzenhaus getrieben. Leider gab es verdammt viele Brücken in Leipzig. Allein fünfzehn führten über den Kanal. Die entscheidende Frage war also, wie lange ein schwimmender Torso bis zum Stelzenhaus braucht. Schwer zu beantworten, wenn man bedachte, dass die Leiche möglicherweise eine Weile am Grund gelegen oder sich irgendwo verhakt haben könnte. Und wo, in drei Gottes Namen, waren die Beine abgeblieben?

»Haben die Taucher was gefunden?«

»Einen Achterknoten«, antwortete Eva und klickte ein Foto an.

Keppler wandte sich vom Stadtplan ab. Ein Achterknoten?

»Auch ›Achter‹ genannt«, erklärte Eva und vergrößerte das Bild, »wird beim Segeln oder von Rettungsorganisationen genutzt.«

Falsch, dachte Keppler. Beim Segeln steckt man lieber den Palstek, weil er sich besser lösen lässt. Vermutlich verwechselte Eva den Achter mit dem klassischen Achtknoten, der beim Segeln das Ausrauschen einer Schot verhindern soll. Damit kannte sich Keppler aus. Als Kind hatte er sich gern mit einem alten Strick in eine Ecke verdrückt und stundenlang Knoten geübt. Die Vorlagen dafür hatte er in einem wunderbaren alten Bildband seines Urgroßvaters gefunden, der sich mit den verschiedensten Arten von Knoten beschäftigte. Es gab Hunderte davon, manche davon so kunstvoll, dass man Wochen brauchte, um das Rätsel ihres Steckens zu lösen. Andere wiederum waren von geradezu genialer Einfachheit. Faszinierend.

Keppler kam heran und sah auf den Computerbildschirm. Tatsächlich waren die Hände des Toten mit einem Achterknoten zusammengebunden worden. Der Achter wurde doppelt als feste Schlinge gesteckt. Er galt als extrem zuverlässig. Vor allem Bergsteiger sicherten sich damit beim Abseilen.

Immerhin, dachte Keppler zufrieden, ist das doch mal ein brauchbarer Hinweis.

Damit konnte man was anfangen.

ZWEI

Zugegeben, Rüdiger Kuhnert war total ausgerastet. Er hatte herumgebrüllt und den Grill umgetreten. Na und? Kein Grund, die Beleidigte zu spielen. Jetzt gab es die Würstchen eben aus der Pfanne.

Es tat ihm ja leid. Einerseits. Andererseits kannte Susanne ihn doch; sie wusste, dass er das manchmal brauchte, weil er zu angespannt war, zu gestresst. Man muss Dampf ablassen können, damit der Kessel nicht explodiert – das hatte doch nichts mit ihr zu tun.

Außerdem war er nicht handgreiflich geworden. Er hatte herumgeschrien und getobt – wegen der verdammten Nachbarin, der feuchten Holzkohle und dass er sich deswegen die Finger verbrannt hatte –, aber es war bei Worten geblieben. Insofern hatte er nicht völlig die Kontrolle verloren. Das sollte Susanne zu schätzen wissen. Trotz aller Wut hatte er sich im Griff gehabt.

Warum also tat sie dann jetzt so verletzt? Verdammt noch mal, es waren nur Worte! Nichts Körperliches, okay? Und selbst die Worte taten ihm leid. Er hatte sich schon dafür entschuldigt, sollte er auch noch vor ihr knien? Um den Sonntag zu retten?

»Jetzt trink doch auch ein Glas«, bat er sie versöhnlich und sah sie aufmunternd an, »hm?«

Aber Susanne wich seinem Blick aus und verteilte stumm die Würstchen auf den Tellern. Sie saßen im Wohnzimmer am Esstisch, was sicher besser war. Draußen fielen immer die Wespen über einen her. Verdammte Viecher. Es gab viele Wespen in diesem Sommer. Zweimal schon hatten sie ihn gestochen, und auch da war es zum Streit gekommen.

Er solle nicht so herumfuchteln, hatte Susanne ihn ermahnt, das mache die Wespen nur wild.

Aber sollte man sie deshalb gewähren lassen? Zusehen, wie sie ganze Stücke aus dem Fleisch säbelten und damit davonflogen? Hinnehmen, wie sie sich über Marmeladenbrote hermachten und aus lauter Gier in die Gläser mit dem Fruchtsaft fielen? Weil sie sonst wild wurden?

So weit kam es noch! Nein, Wespen waren Ungeziefer, Schmarotzer, sie hatten keinerlei nützliche Funktion, ganz anders als die Bienen. Die bestäubten wenigstens Blüten und produzierten Honig. Und vor allem nervten sie nicht wie diese Wespen. Aggressive Dinger, die machten ihn noch wahnsinnig!

Im Wohnzimmer waren sie nicht. Hier war es auch viel kühler als draußen, sehr angenehm. Und dazu der gute, wohltemperierte Wein …

»Hallo«, insistierte Kuhnert und hob die Flasche, »ich rede mit dir!«

»Ich will nicht«, sagte Susanne knapp, »danke.«

Das war wieder typisch. Verärgert nahm sich Kuhnert vom Kartoffelsalat und spürte die vertraute Wut in sich hochsteigen. Warum tat sie ihm das an? War es nicht genug? Warum ließ sie ihn bitten und betteln, warum demütigte sie ihn vor den Augen ihrer Tochter?

Beruhigend nickte er Lina zu und lächelte. »Mama hat schlechte Laune.«

»Ich habe keine schlechte Laune.« Susanne setzte sich an den Tisch.

Na dann, Kuhnert griff nach der Flasche, dann konnte sie ja auch einen Schluck Wein mit ihm trinken. »Lina, hol Mama mal ein Glas aus dem Schrank, ja?«

Das Mädchen erhob sich und lief rüber zum Vertiko, das Kuhnert im letzten Winter bei einem Trödler entdeckt und günstig erstanden hatte. Es war nicht einfach gewesen, in den Wochen vor Weihnachten im Keller heimlich das ganze Vertiko abzuschleifen und aufzuarbeiten, ohne dass Susanne davon Wind bekam. Aber es war ihm gelungen. Pünktlich zum Heiligen Abend hatte er ihr das Vertiko als die große Überraschung präsentiert. Susanne hatte gestrahlt vor Freude. Sie mochte alte Möbel. Sie hatte ihn umarmt und glücklich gelacht. Kuhnert wünschte sich so sehr, dass sie ihm wieder einmal ein solches Lachen schenkte und nicht immer nur verbittert war, weil er sich manchmal nicht im Griff hatte. Heute hatte er doch bewiesen, dass es auch anders ging. Oder?

Lina stellte ihrer Mutter das Glas hin und setzte sich wieder.

»Ich will jetzt keinen Rotwein«, stellte Susanne klar.

Kuhnert sprang auf. Was sollte das? Warum trank sie nicht einfach was mit ihm? So wie es andere Eheleute auch taten. Wollte sie ihn provozieren? Wollte sie, dass er wieder ausrastete? War es nicht genug? Reichte ihr der Ausbruch vorhin etwa nicht? Das macht sie mit Absicht, dachte er, das ist ein abgekartetes Spiel. Ich muss aufpassen. Verdammt aufpassen. Das kommt alles von ihrer scheinheiligen Familie. Die wollen mich zur Weißglut bringen. Deshalb hat Michael Lina auch die schwachsinnige Schleuder geschenkt, und deshalb ziert sich Susanne jetzt so mit dem Wein. Die wollen, dass ich die Kontrolle verliere und sie mich dann los sind. Aber ich werde die Kontrolle nicht verlieren, da haben sie sich geschnitten, heute drehe ich nicht durch, denn ich habe mich absolut im Griff. Und Susanne wird etwas mit mir trinken. Punktum.

»Nur einen kleinen Schluck.« Entschieden schenkte er ihr etwas von dem Rotwein ein. Seine Hand zitterte, aber er zwang sich zur Ruhe. »Zum Anstoßen, ja?«

Susanne reagierte nicht auf ihn. Sie schnitt Lina die Bratwurst klein und reichte ihr sie dann hinüber. »Hier!«

Er wurde ignoriert. Er, Rüdiger Kuhnert. Der eigene Mann. Eiskalt. Als wäre er nicht anwesend. Was hatte er getan? War es wegen gestern? Wegen vorhin? War es einfach, weil er da war? Weil sie ihn nicht mehr wollte? – Was war los, verdammt?

Mühsam beherrscht krallte er sich an der Tischkante fest. Wieder stieg diese ungeheure Wut in ihm auf, und er spürte das Pochen einer Ader am Hals.

Nicht die Kontrolle verlieren, dachte er mechanisch, nur nicht durchdrehen. Ruckartig beugte er sich zu Susanne vor.

»Warum machst du das?«, zischte er gepresst. »Was bezweckst du damit?«

»Ich habe doch gesagt, ich will nicht.« Endlich sah sie ihn an. »Das ist doch nicht so schlimm.« Sie wandte sich Lina zu. »Hast du den Senf?«

»Klaro«, sagte Lina und reichte eine Flasche »Bautz'ner« hinüber.

»Super«, erwiderte Susanne und wich Kuhnerts wütendem Blick aus.

Er setzte sich langsam wieder hin und atmete tief durch. »Was ist denn bitte so schlimm daran«, fragte er, und seine Lippen zitterten vor Anspannung, »mit mir am Sonntagabend ein Glas Rotwein zu trinken?«

Er bekam keine Antwort.

Wütend wischte er mit einer ausholenden Handbewegung das Geschirr vom Tisch. Klirrend zerprangen Gläser und Teller und landeten mit Kartoffelsalat und Bratwurststücken in einer Rotweinlache auf dem Boden.

Das hatte doch alles keinen Sinn mehr! Er bemühte sich, aber Susanne …? Das ging so nicht, das ging so einfach nicht weiter! Er wollte aufspringen, sich auf sie stürzen, wollte sie packen, schütteln, ihr dieses Getue ein für alle Mal aus dem Leib prügeln …

Auf einmal stand Lina neben ihm und ihre kleinen Arme umschlingen seinen Hals. Sie gab ihrem Vater einen lieben Kuss auf die Wange und kuschelte sich an ihn. Da wurde ihm warm ums Herz. Dieses kleine achtjährige Kind hatte verstanden, dass er kein Böser war. Dass er immer nur das Beste wollte. Dass er immer für sie da sein würde.

Warum aber begriff es nicht auch seine Frau?

DREI

»Also, wie ich schon vermutet hatte …« Dr. Johannes Striesow legte das Tuch wieder über die Leiche. Jetzt, wo er den Toten genauestens untersucht und entsprechende Gewissheit hatte, konnte er mit seinen Erkenntnissen vor Eva prahlen. Er war wie ausgewechselt und genoss seinen Auftritt: »Todesursache war die scharfe Gewalteinwirkung in den Bauchraum, genauer gesagt in die Leber. Daran ist er verblutet.«

Er machte eine Kunstpause und spazierte – gespreizt wie ein Hahn, fand Keppler – durch den Obduktionssaal im Pathologischen Institut der Rechtsmedizin an der Leipziger Universität.

»Was die defensive Leichenzerstückelung betrifft: Ich habe die Schartenspuren an den Knochenenden untersucht. Und ich würde sagen, das ist mit einer Axt gemacht worden.« Triumphierend sah er Eva an.

»Was ist mit Abwehrverletzungen?«, erkundigte die sich unbeeindruckt.

Striesow schüttelte entschieden den Kopf und nahm seine Wanderung durch den Obduktionssaal wieder auf: »Wahrscheinlich traf ihn der Stich so unvermutet, dass er sich nicht wehren konnte.«

»Und dieser Knoten?« Keppler stand ans Fenster gelehnt und beobachtete den stolzen Rechtsmediziner wie der Ethnologe eine seltene und skurrile Spezies Mensch.

»Die Arme wurden post mortem zusammengebunden«, antwortete Striesow und zog sich mit einem sehr speziellen Geräusch die Latexhandschuhe aus. »Falls ihr den Knoten kennt, dann wisst ihr ja vielleicht auch, dass der nicht nur von Bergsteigern benutzt wird«, er grinste süffisant, »sondern auch eine nicht unwesentliche Rolle im SM-Bereich spielt …«

»Fesselspiele«, präzisierte Eva, und einen Moment lang lief es Keppler eiskalt über den Rücken.

War es das, wovon dieser Leichenfledderer träumte? Bondage mit Eva? Und sie, wovon träumte sie? Während ihrer Ehe hatte sie ihn einmal mit Handschellen ans Bettgestell gefesselt und sich prächtig amüsiert. Er hatte das allerdings gar nicht lustig gefunden. Anschließend hatten sie zwei Wochen lang nicht miteinander geredet. Danach gab es wieder Blümchensex, nichts Ausgefallenes jedenfalls. Vermutlich war Keppler in dieser Hinsicht ein Langweiler, aber Eva schien trotzdem ihren Spaß gehabt zu haben. – Oder etwa nicht? Jedenfalls lauschte sie den Ausführungen des Dr. Striesow sehr aufmerksam. Und der kam von seinen Fesselspielen gar nicht mehr herunter.

»Das Seil, mit dem die Hände zusammengebunden wurden«, führte er genussvoll aus, »war ein Shibari-Bondage-Seil.« Aus seinem Mund klang es wie eine Spezialität für ganz besondere Connaisseure.

Sieh an, sieh an, dachte Keppler, unser Rechtsmediziner erweist sich als Kenner des Perversen. Hatte er besondere Vorlieben, oder wollte er Eva nur mit seinem umfassenden Spezialwissen über exotische Sexualpraktiken beeindrucken? – Vor allem: Ließ sie sich davon beeindrucken?

»Falls ihr da nicht weiterkommt«, sagte Striesow gedehnt, »dann habe ich noch etwas für euch.«

Spuck's aus, Junge! Keppler verschränkte gespannt die Arme: Was für eine Sauerei kommt als Nächstes?

»Der Mann hier«, Striesow deutete auf die Leiche, »litt an schwerem Diabetes. Er war entsprechend insulinabhängig und muss sicher in ärztlicher Behandlung gewesen sein.«

»Na toll«, seufzte Eva, sichtlich enttäuscht, dass es nicht mehr um erotische Fesselkunst ging, »Leipzig ist voll von Kliniken und Krankenhäusern. Von den privaten Praxen ganz abgesehen.« Sie sah Striesow an. »Hast du noch etwas Konkreteres?«

»Protaminkristalle auf Aspartbasis«, trumpfte der auf, und Keppler prustete lachend los.

Eva drehte sich zu ihm um: »Was ist denn?«

»Ach«, Keppler winkte feixend ab, »mir ist da was Komisches eingefallen.« Er wischte sich glucksend die Tränen aus den Augen. »Das ist wie mit einem Pfau, der mit seinem Schweif ein Rad macht bei der Balz.«

»Also, Hauptzweck des Schweifes ist doch, die Henne zu beeindrucken, richtig?« Eva hatte von den Rivalen um ihre Gunst sichtlich die Schnauze voll und sah sie abwechselnd an. »Und die ist – und das ist wissenschaftlich erwiesen – davon ziemlich unbeeindruckt. Also, wenn die Herrschaften dann mal weitermachen würden.«

»Aspartinsuline werden gentechnisch aus rekombinanter DNA in Saccharomyces cerevisiae hergestellt«, kam Striesow jetzt erst recht in Fahrt und gab nun den genialen Medizinprofessor. »Ich konnte Rückstände von Protaminsulfat, Mannitol, m-Cresol und Phenol sowie Zinkchlorid …«

»Sie meinen Rückstände von Medikamenten«, unterbrach ihn Keppler.

»Insulinpräparate, wenn Sie so wollen«, antwortete Striesow.

»Und warum sagen Sie das dann nicht einfach?« Keppler hob fragend die Hände. »Hm?«

Weil dieser Leichenfledderer ein elender Angeber ist. Das ist doch vollkommen klar. Wollte sich Eva etwa wirklich von so einem beeindrucken lassen?

Keineswegs, und deshalb konzentrierte sie sich auf ihren Fall.

»Wenn wir davon ausgehen, dass unser Opfer seit sieben Tagen tot ist«, überlegte sie, als sie aus dem Institut für Rechtsmedizin kamen, »dann ist er letzten Sonntag oder Montag ermordet worden.«

»Ja«, nickte Keppler. Inzwischen war der Abend hereingebrochen, aber noch immer war es sommerlich warm. Er bekam Striesows Shibari-Bondage-Anmerkungen nicht mehr aus dem Kopf. War der Tote Opfer eines grausamen Sexspiels geworden? Ein sogenannter BDSM-Unfall? Ich muss in der Szene recherchieren, dachte Keppler. Aber hatten solche Sadomaso-Schuppen sonntagabends auf? Galt für Erotikshops das Ladenschlussgesetz?

»Ich würde gerne wissen, wo die Beine geblieben sind«, sagte er nach einer Weile nachdenklich. »Wenn wir die Fließgeschwindigkeit von Elster und Kanal wissen, könnten wir errechnen, wo der Leichnam ins Wasser geworfen wurde.«

»Eins Komma fünf Meter pro Sekunde.« Eva blieb an ihrem Wagen stehen.

»Du beeindruckst mich«, sagte Keppler. Dabei war sie doch die Henne.

»Das war nicht meine Absicht«, gab Eva zurück.

Sie sahen sich an, und plötzlich spürte Keppler die alte Vertrautheit zwischen ihnen. Ja, er genoss es, wieder mit Eva zusammenzuarbeiten. Er war gerne mit ihr zusammen, beruflich jedenfalls.

Oder sehnte er sich nach mehr? In alte Wiesbadener Tage zurück?

Eva wandte sich ab und öffnete die Autotür. »Soll ich dich mitnehmen?«

Keppler zögerte.

»Nee«, sagte er nach einer Weile und nickte ihr zu. »Ich laufe.«

***

In der Dämmerung hat jede Stadt ihr eigenes Licht. Die Kontraste verschieben sich, die Dimensionen. Wiesbaden war ihm immer sehr warm vorgekommen, die Abendstimmung voller milder Goldtöne. Leipzig dagegen strahlte in kühleren Farben. Das Rot schien heller und wechselte mit zunehmender Dunkelheit in diffuse Blau- und Grüntöne. Neonlichter flammten auf, es begann die Zeit der einsamen Nachtgestalten. Wie auf einem Gemälde von Edward Hopper.

Keppler lächelte. Das war der Unterschied zu Wiesbaden. Leipzig war eine Großstadt. Er begann es zu mögen.

In der Nikolaistraße fand er schließlich einen Erotikshop, der tatsächlich an einem Sonntag geöffnet hatte. Viel Lack, Gummi und Leder, Ketten, Masken und martialisch anmutende Peitschen. Sogenannte neunschwänzige Katzen wie aus der Ritterzeit. Auch Handschellen waren im Angebot, muteten aber gegen diejenigen, die Keppler tagtäglich im Beruf benutzte, wie Kinderspielzeug an.

Hinter einem mit violetter Folie verkleideten Verkaufstresen stand eine üppige, in eine schwarze Lederkorsage geschnürte Rothaarige und begrüßte ihn mit einem in typisch sächsischer Mundart gedehnten »Hallo«.

»Hallo«, erwiderte Keppler und sah sich interessiert um. Dann merkte er, dass er einem riesigen schwarzen Vibrator gegenüberstand, und wandte sich verlegen ab.

»Ich …« Er schluckte. Himmel, was für ein Ding, das war nun wirklich nichts für ihn. »Ich suche ein Bondage-Seil.«

»Mhm«, nickte die Rothaarige verständig und wartete ab.

»Für Fesselspiele«, präzisierte Keppler und trat an den Tresen.

»Na schön.« Natürlich hatte die Verkäuferin sofort gemerkt, dass er in Sachen BDSM ein blutiger Anfänger war. Aber jeder hat mal klein angefangen. Sie kam hinter ihrem Tresen hervor.

»Ein bisschen genauer sollte es schon sein. Weil …«, führte sie ihn ein, »je nach Spielart benutzt man Baumwolle, Hanf, Kunststoff …« Sie blieb vor einem Metallständer mit unterschiedlichsten Seilen stehen. »Mit oder ohne Seele …«

»Seele …?«, fragte Keppler.

Die Rothaarige nahm eines der Seile und zeigte es ihm. »Schau! Das ist ein Kern innerhalb eines Seiles.«

Keppler fielen vor allem die mindestens fünf Zentimeter langen Fingernägel der Verkäuferin auf. Schwarz lackiert und scharf wie Krallen. Die Katze kann kratzen, dachte er. Wer wohl auf so was steht?

»Da kann man dann die Knoten besser wieder lösen«, erklärte die Rothaarige und lächelte ihn aufmunternd an. »Na?«

Wenn man tot ist, nicht, dachte Keppler und lächelte zurück, da nützt auch keine Seele.

***

Bewaffnet mit einem roten Baumwollseil ohne Seele und einem Handbuch, das sich von den Foltertechniken des Hojōjutsu über die strengen Regeln des japanischen Kinbaku bis zur erotischen Bondage-Kunst der Gegenwart beschäftigte und die gängigsten Fesseltricks beschrieb, saß Keppler am nächsten Morgen in der Straßenbahn. Eine buchstäblich fesselnde Lektüre, die halbe Nacht hatte er damit verbracht. Wie der Weintrinker sich vorbereiten muss, um zum Weinliebhaber zu werden, muss auch die Kunst des Bondage erlernt werden. Sonst kann aus Erregung schnell Aufregung werden, dachte Keppler, echte Panik: Das Buch jedenfalls war voll von Beispielen typischer Anfängerfehler. Man ahnte gar nicht, welche Dramen sich abspielen konnten, wenn die Leute bei ihren Spielchen die Fesseln nicht mehr losbekamen. Shibari schien eine eigene Wissenschaft zu sein, eine Religion des Schmerzes, eine lustvolle Philosophie von Macht und Ohnmacht. Allein das Baumwollseil war Blasphemie. Der stilvolle BDSM-Kunde nutzte Hanf für den Gyaku-ebi.

Keppler machte sich Notizen und besah sich eingehend die Illustrationen und Fotos dazu an. Eine ältere Dame saß ihm entrüstet gegenüber und wandte sich dann schimpfend ab.

Aber was verstand die schon von fernöstlicher Kultur? Keppler lächelte.

VIER

Rüdiger Kuhnert stoppte seinen großen Volvo vor einem Comicgeschäft im Brühl, nahe dem Hauptbahnhof. Im Kofferraum hatte er ein Teil eines Verkaufstresens, das in seiner Firma vollautomatisch und elektronisch gesteuert produziert worden war. Selbst um die Überwachung der Fertigungslinie und die Einhaltung der Qualitätskriterien kümmerte sich ein Computer. Die ganze Anlage arbeitete quasi selbstständig. Damit bot man zwar keine Arbeitsplätze, verschaffte aber der Messebau GmbH einen nahezu uneinholbaren Wettbewerbsvorteil. Man fertigte vor Ort, in der Messestadt Leipzig, und günstiger, als es irgendwelche Asiaten je fertigbringen würden; zudem entfielen die weiten Transportwege aus Fernost.

Eigentlich müssten sie Kuhnert in der Firma also jeden Tag dankbar um den Hals fallen, denn dass die Anlage individuelle Einzelstücke zügig und ohne teure Lohnstückkosten herstellen konnte, war allein sein Verdienst. In unzähligen Überstunden hatte er den Fertigungsroboter so umgebaut, dass er mittels optimierter intelligenter Software selbst in der Lage war, bestimmte Anforderungen zu erkennen und entsprechend zu berücksichtigen.

Und was passierte? Kaum war die Anlage in Betrieb genommen worden, wollten sich irgendwelche Fachidioten den Lorbeerkranz aufsetzen, die zwar gute Ideen beigesteuert hatten, aber nie in der Lage gewesen wären, die ganze Komplexität des Verfahrens so zu berechnen, dass es auch reibungslos funktionierte. Allein Kuhnert hatte das fachliche Know-how dafür, daran konnte kein Zweifel bestehen. Ohne ihn würde die Anlage nicht laufen, das musste dem Chef doch vollkommen klar sein. Falls nicht, würde er es ihm schon noch in aller Deutlichkeit aufzeigen.

Zuvor aber wollte er das derart vollautomatisch gefertigte Tresenstück im Laden seines Schwagers abliefern. Michael fehlte eine Ablage für die Comicneuerscheinungen, für Kataloge und Flyer, und Kuhnert hatte sich angeboten, ihm eine zu liefern. Passgenau produziert in seiner neuen Fertigungslinie. Sozusagen als Testlauf. Und die Anlage funktionierte perfekt.

Er war gerade dabei, das Tresenteil aus dem Kofferraum zu holen, als Michael gewohnt salopp heranschlenderte und ihn mit lässigem Handschlag begrüßte, um dann seinen Laden aufzuschließen. Anstalten, Kuhnert beim Tragen zu helfen, machte er nicht.

Und das war genau das Problem von Susannes Familie: Sie hielten sich allesamt für was Besseres. Sie halfen nie, sondern ließen mit der Selbstverständlichkeit von Großgrundbesitzern für sich arbeiten, als gäbe es noch Leibeigene.

Aber Kuhnert war nicht Michaels Kuli, verdammt noch mal, sondern sein Schwager! So einem hatte man auf Augenhöhe zu begegnen, auch wenn man aus einer Industriellenfamilie kam! Aber das begriffen sie nicht. Die hatten ja nie wirklich gearbeitet, die wussten gar nicht, wie man sich selbst sein Geld verdient. War ja immer alles da gewesen. Und wenn sie arbeiteten, dann nur das, was ihnen Spaß machte – Comics, pah! Glaubte Schwager Michael etwa tatsächlich, von diesem Geschäft leben zu können? Schwachsinn!

Keuchend stellte Kuhnert das Tresenstück im Laden ab und passte es in die Verkaufstheke ein. Na also! Perfekter ging's doch gar nicht, sogar die Farbe stimmte genau.

»Na, sieht doch gleich ganz anders aus«, sagte er stolz. »Oder?«

»Ja, ist schon eine gute Idee«, erwiderte Michael beiläufig und ohne sich das Ergebnis von Kuhnerts minutiöser Arbeit genauer anzusehen. Er stellte eine Flasche Cola auf den Tisch und schaltete das Licht im Laden ein, bevor er sich dann doch noch ein halblautes Dankeschön abrang. So ein arrogantes Arschloch.

»Nicht dafür.« Kuhnert zwang sich zu einem versöhnlichen Lächeln. »Bleibt ja in der Familie.« Immerhin gehörte er dazu, ob es dem Schwager nun passte oder nicht.

Michael verharrte in der Bewegung und fixierte ihn skeptisch. Herausfordernd guckte Kuhnert zurück, hielt dann aber dem Blick doch nicht stand.

Wusste er es schon? Hatte der familieninterne Buschfunk bereits geplaudert? Hatte sich Susanne mal wieder bei ihrem Brüderchen beschwert, wie schlecht sie behandelt wurde? Von ihm, Rüdiger Kuhnert? Obwohl doch gestern gar nichts passiert war, jedenfalls nichts von Belang?

Ihr wartet doch alle nur darauf, dass ich mal wieder richtig ausraste, dachte Kuhnert hasserfüllt, und ihr dann sagen könnt: Seht! Wir haben es immer gewusst. Der Kerl ist nichts für unser Susannchen.

Aber so würde das nicht laufen. Da hatte er einen nicht unwesentlichen Teil mitzureden. Susanne war seine Frau, und sie würde es bleiben bis zum Tod. Komme, was wolle.

Was hatte sie Michael vom Wochenende erzählt? Lief da schon irgendeine Intrige?

Kuhnert besah sich nachdenklich die Auslagen in den Regalen. Zeitschriften wie »MAD«, »Weekly Shōnen Jump« und »Yps« lagen da, das »Mosaik«, »Promethea«- und Casterman-Hefte sowie die Neuauflagen der Digedags-Geschichten von Hannes Hegen.

»Sag mal«, begann Kuhnert gedehnt und betrachtete

scheinbar interessiert die in einer Vitrine ausgestellten seltenen Astro-Boy-Bausätze, »deine Schwester: War die eigentlich schon immer so ...«

Er überlegte, wie er weitermachen sollte, und Michael sah skeptisch auf.

»... so kompliziert?«, beendete Kuhnert seinen Satz.

»Wieso?« Michael nahm seine Colaflasche und ging damit zum Kühlschrank. »Was ist mit ihr?«

»Nichts.« Kuhnert wandte sich von der Vitrine ab. »Ich versteh sie nur manchmal nicht.«

Michael verzog keine Miene. »Du bist mit ihr verheiratet, oder?«

Was sollte diese bekloppte Frage? Wollte Michael ihn provozieren? Natürlich war er mit Susanne verheiratet, würde er sonst hier stehen? Er wollte nur wissen, ob Susanne gequatscht hatte, ob sie sich über ihn bei ihrer Familie beschwerte. Ob sie sich von ihm trennen wollte. Ob irgendwas gegen ihn im Gange war. Aber offenbar wollte Michael nicht mit ihm reden.

»Ja«, sagte Kuhnert und bemühte sich um ein entspanntes Gesicht, »ja, ist ja auch alles wunderbar so ...« Er atmete tief durch und setzte hinzu: »Und bei dir?«

Michael seufzte statt einer Antwort und sah Kuhnert prüfend an. »Sag mal, was meinst du eigentlich mit ›kompliziert‹?«

Ah, jetzt will er mich aushorchen, dachte Kuhnert. Seine Mundwinkel zuckten nervös, und er spürte, wie seine Anspannung wuchs. Aber er ließ es sich nicht anmerken.

»Vergiss es«, gab er zurück, »einen leichten Hau habt ihr ja alle.« Dann wandte er sich zur Tür. »Tschüss.«

Michael antwortete nicht. War sich sogar zu fein, ihn anständig zu verabschieden, dieser schwule Comic-Affe! Das konnte er nicht auf sich sitzen lassen.

»Ah, apropos ...!« Kuhnert drehte sich abrupt noch

einmal um, zog die Schleuder aus der Innentasche seiner Jacke und warf sie seinem Schwager vor die Füße. »Ich möchte nicht, dass du meiner Tochter so ein Zeug schenkst, klar?«, sagte er scharf.

»Das hat sie sich selbst ausgesucht«, verteidigte sich Michael ruhig.

»Siehste.« Kuhnert nickte verächtlich. »Das meine ich mit ›kompliziert‹.«

Er ging und spürte Michaels Blick im Rücken. Was dachte der Kerl? – Was hatten die vor?

FÜNF

Keppler betrat das Büro und packte seine Tasche aus. Das Bondage-Seil hatte sich verheddert, weil er damit diverse Knoten probiert hatte, und so brauchte er eine Weile, bis er es auseinanderklamüsert hatte und es neben das Handbuch der erotischen Fesselkunst auf seinen Schreibtisch legen konnte.

Eva sah amüsiert auf: »Du hattest eine schöne Nacht?«

»Sagen wir mal, geht so.« Er schlug das Handbuch auf und begann zu lesen. »Ich glaube übrigens nicht, dass der Täter so eine Art Bondage-Freak ist.«

»Und wieso nicht?« Eva nippte an ihrem Kaffee.

»Er hat zwar ein Shibari-Bondage-Seil benutzt, aber keine Shibari-Technik angewendet«, erklärte Keppler in das Buch vertieft.

»Und die«, Eva grinste spöttisch, »beherrschst du jetzt alle?«

»Am ehesten entspricht die Auffindsituation des Opfers der Ushiro-Takate-Kote-Fesselung«, sagte Keppler, »allerdings sind dabei die Hände auf dem …«, er zeigte, wo, »… auf dem Rücken fixiert.«

Eva war sichtlich beeindruckt. Keppler registrierte es zufrieden.

»Die Uniklinik«, er griff nach einer schmalen Aktenmappe und reichte sie Eva hinüber, ohne von seinem Fesselhandbuch aufzusehen, »hat im Januar eine Studie mit achtzehn Diabetes-Patienten durchgeführt.«

Er bemerkte nicht, dass er die Akte in die falsche Richtung hielt. So kam Eva da nicht ran. Sie schnippte mit den Fingern. Erfolglos, denn Keppler war noch immer in sein Bondage-Buch vertieft. Der Inhalt war wirklich und buchstäblich fesselnd, und zudem gab es viele Knoten darin, die er noch nicht kannte.

»Ein oder zwei davon«, fuhr er fort, »könnten vom Alter her auf unser Opfer passen. Habe ich angekreuzt.«

Jetzt erst sah er auf, weil er sich wunderte, warum Eva ihm die Akte nicht endlich abnahm, und bemerkte so, dass sie ihm rechts gegenübersaß, nicht links.

»Ach so«, machte er und warf ihr die Akte auf den Schreibtisch.

»Danke schön«, sagte Eva spitz und vertiefte sich in das Papier.

»Bitte schön«, erwiderte Keppler und wandte sich wieder seinen Fesseltechniken und dem Seil zu. Faszinierend war, dass es im Shibari Knoten gab, die ganz anders gesteckt waren als europäische. Uralte asiatische Schlingen und Binder, filigran geknüpft wie feinste Arabesken. Eine unglaubliche Kunst.

»Na, dann wollen wir mal gucken.« Eva gab etwas in ihren Computer ein.

Keppler versuchte einen der komplizierten Knoten an seinem Baumwollseil nachzuknüpfen, wurde aber von Eva unterbrochen.

»Wir haben ihn«, rief sie und hielt das Foto hoch, das Menzel am Vortag vom Gesicht des Toten gemacht und abschließend so bearbeitet hatte, dass es einem Lebenden schon näherkam. »Peter Schneider!« Eva drehte Keppler den Computermonitor mit den gespeicherten Daten aller im Umkreis lebenden Diabetiker zu. »Wohnhaft in Leutzsch, verheiratet, drei Kinder.«

Und tatsächlich kam das Gesicht auf dem Passfoto, das der Monitor zeigte, dem von Menzel retuschierten Leichenantlitz sehr nahe.

***

Die Paul-Michael-Straße ist eine mondäne Adresse mit prächtigen Villen unweit des Wasserschlosses, dem alten Leutzscher Gut. Das Viertel war schon immer beliebt bei Künstlern, Gelehrten und Industriellen, und hier wohnen auch heute noch die, die es geschafft haben. Leute in Wohlstand und Ansehen; man trifft sich regelmäßig auf Wohltätigkeitsbällen, exklusiven Matineen und den Premieren des Leipziger Schauspielhauses. Kaum zu glauben, dass ein Mitglied dieser vornehmen Leipziger Gesellschaft ein so finsteres Ende im Karl-Heine-Kanal gefunden haben sollte.

Die hohen Pforten zu den Anwesen hatten statt Namensschildern Videoaugen, die jeden Besucher sofort ins Visier nahmen.

Eva Saalfeld drückte den Klingelknopf und strahlte in die Kamera.

»Ja, hallo?«, hörte man eine weibliche Stimme aus der Gegensprechanlage.

»Mein Name ist Saalfeld«, erklärte Eva. »Mein Kollege Keppler und ich sind von der Polizei.«

Der Türöffner ging, die schmiedeeiserne Gartenpforte sprang surrend auf.

»Danke«, rief Eva in die Sprechanlage, und sie betraten den Garten.

Die Villa war riesig und offenbar erst vor Kurzem aufwendig renoviert worden. Personal schien es keines zu geben, was Keppler seltsam fand. In Filmen hatten Leute, die in solchen Häusern wohnten, wenn nicht einen Butler, dann wenigstens eine dienstbare Seele namens Therese. Aber wahrscheinlich sah er die falschen Filme. Meist französische Streifen aus den sechziger und siebziger Jahren und ohne jeden Bezug zur Realität des grellen, lauten Heute.

Gitta Schneider, eine gepflegte Frau von etwa Anfang fünfzig, öffnete die edle Haustür, warf einen kurzen Blick auf die hingehaltenen Dienstausweise und machte eine bedauernde Miene:

»Wenn Sie wegen der Einbrüche hier in der Gegend kommen, da kann ich Ihnen nicht helfen.«

»Es geht um Ihren Mann«, erklärte Eva.

»Wieso?« Irritiert ließ Gitta Schneider die Kommissare ein. »Was ist mit meinem Mann?« Sie wirkte seltsam fragil und müde, so als habe man sie gerade aus einem Nickerchen geweckt. Doch dafür saßen ihre Bluse und die Strickjacke darüber zu akkurat, war sie zu gut frisiert.

»Wann haben Sie Ihren Mann denn zuletzt gesehen?«, fragte Eva.

»Am Sechzehnten. Ich glaube, um neun Uhr dreißig ging sein Flugzeug über Frankfurt. – In den Irak«, fügte sie erklärend hinzu.

Irgendwo schlug eine Standuhr. Gitta Schneider führte Eva und Keppler durch eine verglaste Flügeltür in einen weitläufigen, sehr stilsicher und elegant eingerichteten Wohnraum.

Keppler holte eine vergrößerte Fotokopie des Passbildes aus seiner Jackentasche und zeigte sie ihr. »Ist er das?«

Sie blickte stumm auf das Foto.

»Ist das Ihr Mann, Frau Schneider?«, wiederholte Keppler.

Sie gab ihm das Foto zurück. »Ja«, sagte sie und strich sich eine Haarsträhne aus der Stirn. Fragend sah sie die Kommissare an.

Die schwiegen betreten. Keppler sah auffordernd zu Eva. Sie war einfach besser darin, schlechte Nachrichten zu überbringen, viel einfühlsamer und voll aufrichtigen Mitgefühls. Außerdem wollte er die Reaktionen der Witwe beobachten. Das Lesen von Gesichtern war sein Part.

Zudem befand man sich im Hause der potenziellen Täterin. Immerhin war dem Toten der Ehering abgenommen worden, was auf einen Gattenmord hindeutete. Wo hatte sie ihn versteckt? Und die Beine? Wo waren die? Vielleicht in einer Tiefkühltruhe im Keller des Hauses?

»Wollen wir uns nicht vielleicht lieber setzen?«, begann Eva nach einer Weile stockend.

Gitta Schneider machte eine auffordernde Handbewegung und sank in einen der schmalen Clubsessel, die um ein niedriges Ebenholztischchen herumstanden. Eva und Keppler taten es ihr nach.

»Wir haben Ihnen eine traurige Mitteilung zu machen«, sagte Eva.

Gitta Schneider nestelte nervös an ihrer Strickjacke herum.

»Ihr Mann wurde gestern tot aufgefunden«, fuhr Eva mit ernster Miene fort. »Er ist Opfer eines Verbrechens geworden.«

»Was?«, hauchte Gitta Schneider entsetzt, aber in ihrem Gesicht regte sich kaum etwas. Es blieb nahezu ausdruckslos. »Wo?«, fragte sie kaum hörbar.

»Wir haben ihn hier in Leipzig gefunden«, antwortete Eva. »Er ist ermordet worden«, setzte sie leiser hinzu. »Es tut mir leid.«

Noch immer konnte Keppler keine sichtbare Reaktion in Gitta Schneiders Gesicht ausmachen. Stattdessen fielen ihm die langsamen, fast schlafwandlerischen Bewegungen ihrer Hände auf, mit denen sie sich die Strickjacke zuknöpfte.

»Wollen Sie einen Kaffee?«, fragte sie unvermittelt und mit brüchiger Stimme.

Eva schüttelte den Kopf: »Danke.«

Keppler dagegen hätte ganz gerne einen Kaffee gehabt. Aber da Eva abgelehnt hatte …

»Lieber Tee?« Gitta Schneider erhob sich und knöpfte weiter an ihrer Strickjacke herum. »Ich habe einen schwarzen Tee.«

Stand Trauer in ihrem Gesicht? Schmerz? Hilflosigkeit? Verdammt, man konnte nichts aus ihrem Gesicht lesen. Oder doch? Verstand Keppler nur nicht, was da stand?

»Auch einen grünen«, setzte Gitta Schneider hinzu und begann, wie geistesabwesend im Zimmer herumzulaufen. Am Esstisch blieb sie stehen und drehte sich um. »Ich habe sogar einen weißen.« Sie hob ratlos die Hände, rückte mechanisch ein Tischset zurecht, nickte unmerklich, »wahrscheinlich wollen Sie lieber einen weißen«, und verschwand in der Küche.

Sie ist nervös, unruhig, überlegte Keppler. Vielleicht auch traurig, auf jeden Fall ziemlich verwirrt. Und sie versucht, das zu kompensieren, ihre Gefühlslage zu überspielen. Trauerte sie? Oder hatte sie Angst? Angst davor, als Mörderin entlarvt zu werden? Machte sie ihnen etwas vor? Keppler erhob sich, um ihr zu folgen, doch Eva hielt ihn zurück.

»Lass nur«, sagte sie ruhig, »ich mach das schon.«

Gitta Schneider rumorte geschäftig in der Küche herum, setzte Wasser auf, holte ein Stövchen und eine Teekanne hervor, stellte Geschirr auf ein kleines Silbertablett. Als wollte sie mit dieser Tätigkeit ihre düsteren Gedanken bezwingen und die aufkeimende Trauer.

Eva blieb im Türrahmen stehen. Ihr fiel ein Vogelkäfig rechts neben der Küchentür auf. Nichts für Wellensittiche, nein, hier musste ein großer Vogel untergebracht worden sein. Eine Eule etwa oder ein Papagei. Der Käfig war leer. Nur ein emailliertes Namensschildchen deutete auf den gefiederten Bewohner hin: »Bubi's Home«.

»Meinen Sie nicht«, sagte Eva behutsam, »es ist besser, Sie rufen eines Ihrer Kinder? Oder …«, sie überlegte kurz, »oder Freunde, damit Sie nicht so allein sind?«

»Nee«, antwortete Gitta Schneider fast trotzig und suchte in ihrem Küchenschrank nach der Zuckerdose. »Das geht schon. Ich brauche niemanden.«

Sie fand die Zuckerdose und sah nach, wie viel noch drin war. »Möchten Sie Kandis in Ihren Tee? – Oder doch lieber Kaffee?«

»Danke.« Eva schüttelte den Kopf, doch Gitta Schneider gab nicht auf:

»Ein Stück Kuchen«, schlug sie vor, »zum Kaffee?« Schon hatte sie eine Springform in der Hand: »Selbst gebacken.« Sie nahm den Rand der Backform ab und schnitt den Kuchen mit fahrigen Händen auf. »Den mache ich immer, wenn Peter nach Hause kommt.« Verloren sah sie auf. »Sein Lieblingskuchen«, sagte sie leise. »Streuselkuchen. Damit er sich freut …«

Sie lächelte unsicher und stellte den Kuchen mit einer hastigen Bewegung aufs Tablett.

Keppler hatte sich auf die Suche nach dem Keller mit etwaigen Tiefkühltruhen gemacht und stattdessen das Arbeitszimmer des Toten gefunden. Auf einem Regal über dem Schreibtisch standen merkwürdige blank polierte zylindrische Gussteile herum. Alte Urkunden an den Wänden kündeten von der ostdeutschen Karriere des Mordopfers: Am 7. Oktober 1982, dem Nationalfeiertag der DDR, war Peter Schneider der Orden »Aktivist der sozialistischen Arbeit« verliehen worden. Und schon zehn Jahre zuvor hatte ihm Walter Ulbricht, der Vorsitzende des Staatsrates der Deutschen Demokratischen Republik, zum Titel »Held der Arbeit« gratuliert. Unterzeichnet worden war das Dokument aber schon von Erich Honecker, dem damaligen Generalsekretär der SED und Ulbrichts Nachfolger als Staatsratsvorsitzender.

Überhaupt schien Peter Schneider sehr stolz auf seine Karriere zu sein. In einem Ordner hatte er alle Unterlagen zu seinem Werdegang gesammelt: Zeugnisse, Beurteilungen, Sitzungsprotokolle, Briefwechsel, Verträge, Zeitungsausschnitte ... Bis zur Wende hatte er es zum technischen Direktor eines volkseigenen metallurgischen Betriebes gebracht, der Zylinderblöcke für die Motorenherstellung fertigte. Nach der Währungsunion war der VEB nicht mehr konkurrenzfähig gewesen. Doch dank alter Kontakte aus sozialistischen Zeiten gelang es Schneider, der inzwischen zum Geschäftsführer des Unternehmens aufgestiegen war, mit Saddams Irak ins Geschäft zu kommen. Und auch während des ersten Golfkrieges hielten die Kontakte zu dem unheimlichen Diktator an.

Nachdenklich ließ Keppler den Ordner sinken. War Schneider Opfer seiner irakischen Connections geworden?, überlegte er. Irgendwelcher Geheimdienste? War der Mord ein Racheakt gewesen? Das gab den abgehackten Beinen eine völlig neue Dimension. Aber Rache wofür? Und warum hatten sie dem Toten den Ehering abgenommen?

In einem Zeitungsausschnitt wurde Schneider als Mitbegründer der Kampagne »Öl für Nahrungsmittel« gefeiert, die die Folgen der weltweiten Embargopolitik für die irakische Zivilbevölkerung lindern sollte. Und seit dem Sturz des Diktators durch die US-Amerikaner im Jahr 2003, darauf deuteten Verträge mit der berüchtigten Sicherheitsfirma »Blackwater« hin, war Schneider mit seiner inzwischen zur Aktiengesellschaft umgewandelten Firma GASTEC im Irak wirtschaftlich wieder voll dabei. Aber was stellt GASTEC her?, überlegte Keppler. Diese komischen Metallzylinder auf dem Regal? Was sind das für Teile, wozu sind sie gut?

Er hörte Schritte. Eva kam mit der Witwe aus der Küche zurück. Gitta Schneider blieb mit dem Tablett in der Hand an der Tür stehen und sah ihn missbilligend an.

»Die Firma meines Mannes stellt Aluminium-Gussteile für Hochspannungsleitungen her.«

»Läuft sie gut?«, erkundigte sich Keppler.

»Ich denke schon«, erwiderte Gitta Schneider. Genau aber wusste sie es wohl nicht.

»Hatte Ihr Mann irgendwelche Feinde?« Keppler nahm eines der blank polierten Gussteile vom Schreibtisch und besah es sich genauer. »Konkurrenten? – Neider?«

»Das kann ich nicht sagen.«

»Hatte er in letzter Zeit vielleicht irgendwie Ärger in der Firma?«, insistierte Keppler.

»Das weiß ich nicht.« Gitta Schneider runzelte die Stirn. »Peter mag es, wenn alles an seinem Platz ist ...«

Keppler lächelte entschuldigend und stellte das Gussteil auf den Schreibtisch zurück.

»Kommen Sie!« Eva nahm die Witwe behutsam am Arm. »Wir gehen wieder ins Wohnzimmer.« Im Weggehen sah sie Keppler an und flüsterte vorwurfsvoll: »Sag mal: Hallo?«

Übersetzt hieß das so was wie: »Hast du sie noch alle?«

Keppler fragte sich allerdings, was sie nur schon wieder hatte.

»Sie haben Ihren Mann also am Montag, den Sechzehnten, zum letzten Mal gesehen?«

»Ja.« Gitta Schneider stellte das Tablett mit dem Kuchen auf den kleinen Ebenholztisch und setzte sich. »Da ist er zum Flughafen.«

»Direkt hier von zu Hause aus?« Auch Eva hatte sich

gesetzt. Nur Keppler lief langsam im Raum umher und sah nach, was so in den Schränken und Schubladen war. Oft bargen die banalsten Aufbewahrungsorte die wichtigsten Indizien. Drohbriefe der Iraker vielleicht oder einen fehlenden Ehering.

»Ja«, antwortete Gitta Schneider und sah sich unruhig nach ihm um.

»Haben Sie ihn danach noch mal gesprochen?«

»Nein.« Sie senkte betreten den Kopf. »Er ruft nie von unterwegs an.«

»Mhm«, machte Eva verständnisvoll und beugte sich vertrauensbildend vor. »Wann wollte er denn zurückkommen?«

»Morgen Vormittag«, antwortete Gitta Schneider leise.

Plötzlich wusste Keppler, was an diesem Haus merkwürdig war. Es fehlten persönliche Gegenstände, Bilder von den Kindern und Enkeln zum Beispiel, Erinnerungsfotos, Souvenirs, Erbstücke verstorbener Ahnen. Die Räume der Villa waren zwar sehr geschmackvoll und stilvoll und vermutlich von teuren Innenarchitekten entworfen und ausgestattet worden – blieben aber anonym wie ein Hotel. Nirgendwo deutete etwas auf deren Bewohner hin.

»Kann ich ihn sehen?«, fragte Gitta Schneider unvermittelt.

Keppler verharrte in der Bewegung, blickte aufmerksam zu ihr hinüber. Warum wollten Hinterbliebene eigentlich immer ihre niedergemetzelten Angehörigen sehen?

»Frau Schneider«, sagte Eva ruhig, »ich glaube, es ist besser für Sie, wenn Sie Ihren Mann so in Erinnerung behalten, wie Sie …«

»Ich will ihn aber sehen«, unterbrach Gitta Schneider sie in entschiedenem Ton.

Keppler atmete tief durch und nickte Eva eindringlich

zu. Lass ihr den Willen, signalisierte er. Ist sie tatsächlich die Mörderin, wird sie uns was vorspielen wollen. Ist sie es nicht, fällt ihr vielleicht anschließend noch etwas für uns Wichtiges ein.

»Natürlich«, gab Eva schließlich nach. »Sobald die Rechtsmedizin ihn freigegeben hat, können Sie zu ihm.«

Gitta Schneider nickte schwach.

Was ging in ihr vor?

»So geht das nicht!«, rief Eva außer sich, nachdem sie sich von der Witwe verabschiedet hatten und die Villa wieder verließen. Natürlich hatte Keppler wieder irgendetwas falsch gemacht. Aber er war kein kleiner Junge mehr, und er hatte wenig Lust, sich von Eva erziehen zu lassen.

»Gibt's eigentlich was Neues von den Tauchern?«, erkundigte er sich, um etwaige Vorwürfe im Keim zu ersticken.

»Keppler!« So leicht ließ sich Eva nicht von ihrer Mutterrolle abbringen. »Während ich versuche, der Frau beizubringen, dass ihr Mann tot ist, schnüffelst du schon in ihrer Bude rum!«

»Das ist mein Beruf«, erwiderte Keppler. Er verstand nicht, was das Theater sollte. »Das ist eine ganz normale Form von Arbeitsteilung. Du redest mit der Witwe, und ich sehe mich ein bisschen um.«

»Ach komm, Arbeitsteilung«, sagte Eva aufgebracht. »Das ist doch immer das Gleiche.« Empört lief sie zum Wagen. »Sobald es um Gefühle geht, fängst du an zu kneifen.«

»Das stimmt doch gar nicht«, verteidigte sich Keppler.

»Natürlich stimmt das«, rief sie.

Woher wollte sie das wissen? Weibliche Intuition? Unsinn, auch Frauen können irren. Von wegen Gefühle. Wer sagte denn, dass Gitta Schneider welche hatte? Sie stand immer noch unter Mordverdacht. Außerdem: »Sie hat nicht geweint«, wandte Keppler ein.

»Doch«, widersprach Eva entschieden und schloss die Wagentür auf. »Wir haben es nur nicht gesehen.«

Bitte nicht, dachte Keppler: Nicht wieder diese küchenpsychologische Überheblichkeit.

Er verdrehte die Augen und stieg ebenfalls ein.

SECHS

Gitta Schneider stand am Fenster und sah den Kommissaren nach. Als der Wagen aus ihrem Blickfeld verschwunden war, griff sie zum Telefon und wählte eine Nummer. Doch noch bevor am anderen Ende jemand abheben konnte, ließ sie den Hörer wieder sinken und legte auf.

Stattdessen begann sie, den Vogelkäfig auseinanderzubauen. Die knorrigen Äste darin warf sie weg, ebenso das Emailleschildchen, das auf »Bubi's Home« hinwies. Dann begann sie die einzelnen Gitter des Käfigs in der Spüle mit viel Seifenwasser und einer Bürste abzuschrubben.

Plötzlich hielt sie inne. Natürlich würden die Polizisten auch die Kinder aufsuchen, um ihnen zu sagen, was mit Vater geschehen war. Wäre es nicht angebrachter, wenn sie es vorher von der Mutter erführen? Sollte sie hinfahren? Aber wie würden Yvonne und Michael sie aufnehmen? Sie und die Todesnachricht? Und wie würde Susanne reagieren?

Erneut griff Gitta Schneider zum Telefon, drückte die Wahlwiederholung und wartete.

***

Jeden Wochentag kam Rüdiger Kuhnert in der Mittagspause nach Hause, um, wie er es nannte, die Ehe zu vollziehen. Nachts war das schlecht möglich, wegen Lina.

»Du bist zu laut«, hatte Suse immer gemahnt, »das Kind wacht davon auf.«

Also kam er mittags, wenn Lina in der Schule war, und dann trieb er es am liebsten wild. Er mochte es, Susanne auf den Fußboden zu werfen und ihr die Kleider vom Leib zu reißen. Anfangs hatte sie ihm oft Widerstand geleistet, was ihn nur noch mehr anmachte. Umso grober hatte er sie angepackt, sie geschlagen, überwältigt und sie dann geknutscht mit feuchten Lippen, bis er schließlich brutal in sie eindrang:

»Schrei nur, Suse, schrei! Wehr dich! Das ist geil!«

Irgendwann hatte sie sich nicht mehr gewehrt. Sie ließ es einfach geschehen. Er schmiss sie auf den Boden, vorzugsweise im Wohnzimmer, zerriss ihr den Slip und die Strumpfhose und machte sein Ding. Sie lag nur da und wartete, bis er fertig war. Er hatte ja nur zwanzig Minuten, dann musste er wieder ins Büro. Sie brauchte einfach nur abzuwarten.

Aber heute ging es nicht. Heute klingelte das Telefon, und es machte ihn rasend, wenn ihn jemand beim Ehevollzug störte. Er rackerte sich an ihr ab, aber das Scheißtelefon klingelte immer weiter. Und dann kam da auch noch die Stimme ihrer verdammten Mutter aus dem Anrufbeantworter:

»Susi? Ich bin es noch mal, die Mutti.«

Leck mich am Arsch, dachte Kuhnert keuchend, diese blöde Kuh meldet sich sonst auch nie!

»Bitte ruf mich an«, drang es zu ihm. »Es ist wirklich wichtig. Es ist wegen Vati. Das war die Mutti.«

»Scheiße«, fluchte Kuhnert, als er spürte, wie sein Penis erschlaffte. Und er bekam ihn nicht wieder hoch, verdammt, er kriegte ihn nicht wieder hoch!

»Scheiße!«, brüllte er wütend und schlug zu, aber auch das konnte ihn nicht mehr anmachen. Es war vorbei. Wegen der Stimme seiner Schwiegermutter. So ein Mist. So ein verfluchter Mist!

Keuchend ließ er von Susanne ab, die heulend am Boden lag, und zog den Reißverschluss seiner Hose hoch.

Was rief ihre blöde Mutter auch ausgerechnet jetzt an?

Irgendwas lief gegen ihn, da war sich Kuhnert immer sicherer. Und Susanne steckte mittendrin.

Na warte, du Miststück, wenn du mich hintergehst ...

Atemlos sah er auf seine Frau, die sich am Boden vor Schmerzen krümmte. Wie waidwund sie wirkte. Wie hilflos. Wie zerbrechlich sie war und zart. Und ihm völlig ausgeliefert.

Kuhnert lächelte. Ja, das gefiel ihm. Es gefiel ihm sehr.

Er sah auf die Uhr. Er hatte noch gut acht Minuten, und das Telefon war jetzt still. Na also ...

***

Eva Saalfeld stoppte den Wagen vor dem Universitätsklinikum in der Semmelweisstraße. Hier arbeitete Gitta Schneiders Angaben nach die älteste Tochter des Ermordeten als Krankenschwester.

Ein Umstand, den Keppler bemerkenswert fand. Millionärstöchter hatte er bislang als naive Schönheiten kennengelernt, die das Leben aus der Stöckelschuhperspektive betrachteten und ihre Zeit vor allem sorglos mit Geldausgeben verbrachten, oder als taffe Karrierefrauen, die sich nach teurer, elitärer Ausbildung anschickten, dereinst einmal große Firmen zu übernehmen. Oft wurden sie auch Künstlerinnen, leicht versponnene Wesen, die ihre gut gepflegte Langeweile in kreative Gedankenlosigkeit umsetzten, auf irgendwelchen Vernissagen einen neuen Kunstbegriff formulierten oder sich als Mäzeninnen und Sammlerinnen zu profilieren suchten. Niemals aber hätte er vermutet, dass sie auch in ganz normalen Berufen arbeiteten. Kinderkrankenschwester ... Vielleicht hatte Yvonne Schneider ja eine karitative Ader, so eine Art Helfersyndrom.

Skeptisch stieg Keppler aus dem Wagen und folgte Eva

in die Aufnahme. Sie fragten sich zur Kinderklinik durch und fanden Yvonne Schneider schließlich mit einer Gruppe Kinder im Park, wo sie einem kleinen Jungen im Rollstuhl gerade den Fuß versorgte.

»Wenn es dir zu kalt ist, können wir noch einen Socken drüberziehen. Wollen wir das machen, später?«

»Frau Schneider?«, erkundigte sich Eva.

»Ja?« Sie sah auf.

»Schönen guten Tag.« Eva hob entschuldigend die Hände. »Könnten wir Sie einen Augenblick sprechen?«

»Gern.« Yvonne Schneider sicherte den Verband des Jungen mit einer Gummiklemme und erhob sich. Sie war recht hübsch, wenn auch etwas verhärmt und mit einem leicht verbitterten Zug um die Lippen.

Die Mutter wird sie schon angerufen haben, dachte Keppler. Schlechte Nachrichten verbreiten sich schnell.

»Keppler, Kriminalpolizei«, stellte er sich vor, »das ist meine Kollegin Eva Saalfeld. Ich nehme an, Sie wissen, warum wir hier sind?«

Yvonne Schneider nickte und sah die Kommissare abwartend an.

»Erst einmal unser herzliches Beileid«, begann Eva. »Wir werden natürlich alles tun, um den Mord an Ihrem Vater aufzuklären.«

»Sie werden von mir keinen Trauerausbruch erleben.« Yvonne Schneider zuckte mit den Schultern und lächelte bitter. »Falls Sie den erwarten.«

Keppler und Eva sahen sich erstaunt an.

»Er war Ihr Vater«, gab Eva zu bedenken.

Yvonne Schneider bedauerte. »Ich kann nun mal keine Trauer heucheln.«

»Vielleicht ...«, setzte Keppler an, brach aber gleich wieder ab. Nein, anders, dachte er und strich sich gedankenverloren über die Stirn, das muss man anders anfangen, wenn man herausfinden will, warum sie um ihren Vater nicht trauern kann.

»Wie würden Sie ihn beschreiben?«, fragte er schließlich und sah sie prüfend an. »Was war er für ein Mensch?«

»Puh«, machte Yvonne Schneider und überlegte einen Moment. »Er war ein kleiner Mann, der enorm darunter litt, ein kleiner Mann zu sein. Er hatte immer Angst, nicht genug Anerkennung zu bekommen. Und wenn man die ihm nicht freiwillig gab, dann hat er sie sich eben erzwungen.« Nach einer Weile fügte sie hinzu: »Mit allen Mitteln.« Sie hob die Schultern, als könne man da nichts machen. »Er war der Bestimmer. Was er wollte, wurde gemacht.« Sie sah sich nach den Kindern um. »Er hat ja schließlich das Geld reingebracht ...«

Keppler überlegte, was für ein Selbstverständnis wohl Menschen haben mussten, die allein aus dem Umstand heraus, die Familie zu ernähren, für sich das Recht ableiteten, sich als Tyrannen zu gebärden. Denn so hatte Yvonne Schneider ihren Vater wohl empfunden. Wie einen unberechenbaren Tyrannen.

Oder war da noch mehr gewesen? War ihr Hass so groß, dass sie ihn hätte ermorden können? Und was war mit den anderen Kindern? Immerhin hatte der Tote drei. Eine weitere Tochter und einen Sohn. Alle aus dem Haus, alle erwachsen. Konnten auch sie keine Trauer empfinden? Was war hinter den prächtigen Fassaden der Leutzscher Villa geschehen?

»Wann haben Sie Ihren Vater denn das letzte Mal gesehen?«, erkundigte sich Eva.

»Weiß nicht, vor vier Wochen vielleicht. Er war hier in Behandlung, wegen Diabetes.«

»Was glauben Sie«, fragte Keppler, »wer hat ihn umgebracht?«

»Keine Ahnung.« Yvonne Schneider schien es auch völlig egal zu sein. »Wirklich.« Sie wandte sich ab. »Ich muss mich jetzt wieder um die Kinder kümmern.«

Und ich kümmere mich um die verschwundenen Beine, dachte Keppler.

Irgendwo müssen die ja sein.

***

Nachdenklich stand er eine Stunde später wieder unterhalb des Stelzenhauses am Kanal und warf Steine ins Wasser.

Hier war die Leiche gefunden worden. Warum nicht auch die Beine?

Wenn sie zum Beispiel aus rein praktischen Erwägungen vom Körper des Opfers getrennt wurden – etwa weil der Leichnam sonst nicht in einen Kofferraum oder sonst wohin gepasst hätte –, hätte man sie doch ebenfalls in den Kanal geworfen. Warum aber fand man sie dann nicht?

Keppler faltete einen Stadtplan auf und überlegte. Die Fließgeschwindigkeit von eins Komma fünf Metern pro Sekunde, das hatte er bei einem Schleusenwärter in Erfahrung gebracht, traf nur auf die Weiße Elster zu. Der Karl-Heine-Kanal aber, Ende des neunzehnten Jahrhunderts künstlich angelegt und nie vollendet worden, endete unvermittelt wie eine Sackgasse an der Lützner Straße und hatte teilweise kaum Strömung.

Ursprünglich sollte er die beiden Leipziger Flüsse Pleiße und Elster mit dem Lindenauer Hafen verbinden, einer gespenstisch anmutenden Anlage mit riesigen Speicherhäusern und Binnenschiffsanlegern, die nie genutzt werden konnten, weil sie auf dem Wasserweg bis heute nicht erreichbar waren.

Irre fand Keppler das. Ein Hafen ohne Zugang zum Wasser, der seit über einem Jahrhundert verfiel. Wahnsinn!

Genau genommen ist der Karl-Heine-Kanal bis heute nur ein Stichkanal, und das hat Auswirkungen auf die Strömungsverhältnisse. Die recht schnell dahinfließende Elster sorgt an der Einmündung zum Kanal an der Nonnenbrücke für zwei unterschiedlich verlaufende Strömungen. Die Oberströmung spült am rechten Ufer das Wasser in den Kanal hinein, über die Unterströmung am linken Ufer fließt es dann wieder in die Elster zurück.

Wie ein Kreislauf, dachte Keppler und sah sich um. Wasserleichen treiben nach einigen Tagen auf und schwimmen an der Oberfläche, deshalb war der Leichnam von Peter Schneider bis vors Stelzenhaus getrieben. Da macht der Kanal einen Knick, und in der Bucht konnte die Leiche von Seerosenblättern bedeckt tagelang unbemerkt treiben. Beine aber bestehen vor allem aus Knochen, da bilden sich viel weniger Gase, die treiben nicht so schnell auf …

Langsam lief Keppler den Radweg am Kanalufer entlang.

Wir haben an der falschen Stelle gesucht, dachte er, die Beine müssen viel weiter kanalabwärts zu finden sein. Vor allem wenn der Täter die Leichenteile nicht von einer Brücke, sondern vom Ufer aus ins Wasser geworfen hat, um sie nicht über ein Geländer wuchten zu müssen. Hier zum Beispiel. Hier kam man sogar mit dem Wagen bis ans Ufer. Keppler sah sich um und bückte sich. Keine Reifenspuren. Schade. Er erhob sich wieder und überlegte. Wenn die Leiche hier in den Kanal geworfen wurde, könnte sie in der Oberströmung hoch zum Stelzenhaus gelangt sein. Dort trieb der Körper dann auf, die Beine aber blieben am Grund und schoben sich mit der Unterströmung wieder zurück.

Er nahm sein Handy ans Ohr und forderte Taucher für den Bereich Weiße Elster/Kanalmündung an der Nonnenbrücke an.

Wenig später war der Parkplatz an der Kammgarnspinnerei mit blaulichternden Einsatzfahrzeugen von Polizei, Technischem Hilfswerk und den Spurensicherern vollgestellt. Auf dem Fluss trieben Schlauchboote, Polizeitaucher suchten den Grund Meter für Meter nach den sterblichen Überresten Peter Schneiders ab.

Und sie fanden tatsächlich etwas. Stunden später tauchten sie mit einem in schwarze Mülltüten verpackten Paket auf.

Wolfgang Menzel, der Chef der Spurensicherung, konnte es kaum fassen.

»Wie kommt dein geschätzter Kollege eigentlich auf die Idee«, fragte er Eva verblüfft, »die Beine des Opfers ausgerechnet hier zu suchen?«

»Frag ihn doch!«

»Das habe ich bereits«, knurrte Menzel gereizt, »aber er antwortet ja nicht jedem.«

Missmutig sah er zu Keppler hinunter, der unten am Wasser auf einem Anleger stand, die Karte zusammenfaltete und seinen Triumph lieber still genoss.

»Wenn man die Fließgeschwindigkeit von Elster und Kanal mit dem Fundort des Oberkörpers verbindet«, Menzel gestikulierte bedeutungsvoll, »dann kommt man auf keinen Fall hier heraus, sondern viel weiter flussaufwärts …«

Eva lächelte. »Ich frag ihn, hm?« Sie stieg die schmalen Eisenstufen zum Anleger hinunter und sah Keppler bewundernd an.

»Siehst du?«, sagte er grinsend.

»Ja, jetzt kann Frau Schneider Abschied nehmen.« Eva sah aufs Wasser. »Wie bist du denn auf die Stelle gekommen?«

»Ich hab bloß mal ein bisschen überlegt«, sagte Keppler, »andere Voraussetzungen, andere Ergebnisse.« Er vermied es, Eva über seine Recherchen bezüglich der veränderten Strömungsverhältnisse im Karl-Heine-Kanal aufzuklären. Das schien ihm zu kompliziert, das würde endlose Erklärungen nach sich ziehen, die ohnehin niemand begriff.

»Ich glaube nämlich nicht mehr, dass irgendjemand den Mann über ein Brückengeländer gehievt hat«, sagte er stattdessen. »Also habe ich nach einer unübersichtlichen Stelle Ausschau gehalten, an der man auch ein Auto parken kann und die in einem realistischen Verhältnis zur Fließgeschwindigkeit steht.«

Wie erwartet verstand Eva kein Wort. Egal. Er hatte die Beine gefunden, und nur das zählte. Keppler folgte ihr die Treppe hoch.

»Na ja«, grinste er den verdatterten Menzel an und klopfte ihm versöhnlich auf die Schulter, »ein bisschen Glück muss man natürlich auch noch haben, was?«

Der Spurensicherer schüttelte nur den Kopf. Unglaublich war das, einfach unglaublich und durch nichts empirisch zu belegen.

Dieser Wiesbadener Superbulle wurde ihm immer unheimlicher.

SIEBEN

Die GASTEC AG befand sich im Industriegebiet Leipzig-West, nur knappe sechs Autominuten von der Leutzscher Villa der Schneiders entfernt.

Eva und Keppler irrten durch eine lang gestreckte Werkhalle, in der sich die Gießerei befand. Es war heiß und laut; flüssige Aluminiumlegierungen wurden von zischenden Dosierautomaten in Druckgussanlagen gefüllt, unter der Hallendecke dröhnten gigantische Lüfter. Hier sollte, den Angaben des Pförtners nach, Christian Bensen zu finden sein, als stellvertretender Leiter des Unternehmens Peter Schneiders rechte Hand. Tatsächlich stand der etwas untersetzte Mittvierziger mit gewichtiger Miene neben zwei Arbeitern vor einem Heizgerät, das die Gussformen vorwärmen sollte. Irgendetwas schien mit der Temperaturanzeige nicht zu stimmen. Die Männer debattierten, doch Keppler konnte nicht genau verstehen, worum es ging.

»Entschuldigen Sie«, rief Eva, »wir sind von der Kriminalpolizei.«

Christian Bensen sah verblüfft auf. Eine Verständigung war bei dem Lärm kaum möglich, und so bedeutete er ihr und Keppler, ihm hinauszufolgen.

Der Verwaltungstrakt des Unternehmens, ein in den frühen siebziger Jahren in Plattenbauarchitektur errichteter Gebäudequerriegel, schloss sich unmittelbar an die Produktionshalle an. Über eine schmale Eisentreppe gelangte man in einen Gang, der zu den Konstruktionsbüros und in die Räume der Geschäftsführung führte. Hier war es etwas ruhiger, und durch eine im Laufe der Jahre stumpf gewordene Scheibe in der Wand konnte man hinunter in die Aluminiumschmelzerei sehen.

»So«, sagte Bensen und blieb vor der Scheibe stehen, »jetzt können wir uns unterhalten. Habe ich Sie richtig verstanden? Sie sind von der Kriminalpolizei?«

»Ja«, nickte Eva und stellte sich und Keppler vor. »Wir ermitteln in einem Mordfall. Peter Schneider wurde gestern im Karl-Heine-Kanal tot aufgefunden.«

Bensen machte ein betroffenes Gesicht und brauchte einen Moment, um das Gesagte zu erfassen.

»Das ist ja schrecklich«, entfuhr es ihm kopfschüttelnd, »das kann doch gar nicht sein.« Immerhin wähnte er den Geschäftsführer im Irak. In Bagdad, wegen eines wichtigen Großauftrags, und nun sollte er hier in Leipzig ermordet worden sein? – Unmöglich.

Der Tod ist nie unmöglich, dachte Keppler. Ihn wurmte immer noch, dass er den Tatort nicht kannte. Die aufgefundenen Beine hatten diesbezüglich keine Erklärung gebracht. Die erste und beste Spur zum Täter führte immer über den Tatort. Blieb dieser unbekannt, war man gezwungen, den Fall über das Umfeld des Opfers, also sozusagen von hintenrum, aufzurollen. Deshalb waren sie jetzt hier, ob es Keppler nun gefiel oder nicht.

»Peter war ein Macher, ein Gewinner«, rief Bensen mit Pathos und lief weiter den Gang hinunter. Eva und Keppler folgten ihm. »Er hat den Laden hier alleine hochgezogen«, erzählte Bensen, »er hat die marode Firma nach der Wende für eine Mark von der Treuhand gekauft und ein florierendes Unternehmen daraus gemacht. Weltweit anerkannt. Er war ein Arbeitstier, ein feiner Kerl …« Er blieb stehen, hob bekräftigend die Arme: »Das war er …«

»Das ›war‹ geht Ihnen ziemlich schnell über die Lippen«, stellte Keppler fest. Für einen, der eben noch den Tod des Chefs als unmöglich abtat, eine erstaunlich rasche Wandlung.

»Sie sagten doch, er sei tot«, erwiderte Bensen verärgert und öffnete die Tür zu seinem Büro. »Bitte.«

Keppler zögerte. Ihn interessierte eine andere Tür. »Vorzimmer Schneider«, stand auf einem Schild. »Geht's da zum Chef?«

»Ja«, nickte Bensen beklommen, »das ist sein Büro. Soll ich es Ihnen zeigen?«

»Das kann ich mir auch allein ansehen.« Keppler sah Eva an. Kümmer du dich um den Bensen, sagte sein Blick, bevor er schwungvoll die Tür zum Vorzimmer öffnete und einer ältlichen Sekretärin mit Kurzhaarschnitt und in grauem Kostüm gegenüberstand.

»Guten Tag, Keppler mein Name.«

»Hönig.« Die Sekretärin sah ihn unwirsch an und ignorierte seinen Gruß. »Sie können nicht anklopfen«, stellte sie mit knappem Blick auf ihren Tischkalender fest, »und einen Termin haben Sie auch nicht.«

»Ich bin dienstlich hier«, stellte er klar.

»Ich auch«, entgegnete die Sekretärin und klapperte mit ihrem Kugelschreiber. »Melden Sie sich telefonisch an. Herr Schneider ist ein viel beschäftigter Mann.«

»Jetzt nicht mehr, fürchte ich.« Keppler hielt ihr seinen Dienstausweis vor die Nase. »Herr Schneider ist tot. Ermordet.«

Frau Hönig starrte Keppler entsetzt an. »Ermordet?«

»Ist das sein Büro?« Keppler wartete die Antwort nicht ab, öffnete die Tür und trat ein.

Ein großer Schreibtisch aus poliertem Ebenholz, ein schwarzer lederner Chefsessel dahinter. Am Fenster eine Ledercouch im Bauhausstil, ebenfalls schwarz. An den Wänden Schränke aus gebürstetem Stahl, funktional, sehr edel. Gegenüber der Couch ein riesiger Flachbildfernseher. Auf einem schmalen Regal wieder die polierten Gussteile.

Keppler nahm eines davon in die Hand und sah sich nachdenklich um. Auch hier fehlten jegliche persönliche Gegenstände. Keine Blumen, kein Bild der Gattin oder der Kinder auf dem Tisch. Nichts. Nur diese Gussteile.

Frau Hönig kam herein, ein zerknülltes Taschentuch in der Hand. Offenbar kämpfte sie mit den Tränen.

»Sie haben ihn gemocht?« Keppler stellt das Gussteil aufs Regal zurück. »Als Chef und als Mensch?«

Frau Hönig schluchzte und versuchte, sich zu sammeln. »Er war nicht so, wie die anderen sagen«, beteuerte sie nach einer Weile.

Keppler, der den Schreibtisch des Ermordeten untersuchte, sah fragend auf. »Was sagen die anderen denn?«

Die Sekretärin schwieg, nahm die Brille ab und tupfte sich die Augen trocken.

»Wie lange sind Sie schon Herrn Schneiders Sekretärin, Frau Hönig?«

»Fast zehn Jahre«, antwortete sie. »Er hat mich damals eingestellt, trotz Tobi.«

Keppler hob fragend die Augenbrauen.

»Wissen Sie«, erklärte die Sekretärin, »ich habe einen behinderten Sohn und war lange arbeitslos. Niemand wollte mich, weil mein Kind …«

Sie senkte den Blick, als schäme sie sich ihres behinderten Sohnes. Als fühle sie sich schuldig. Wie eine vom Schicksal Gedemütigte, dachte Keppler.

»Aber Herr Schneider hat mich eingestellt«, sagte sie leise, »und mir immer freigegeben. Wenn was war, meine ich, mit Tobi …«

Keppler bückte sich. Im Schreibtisch des Chefs war offenbar ein kleiner Kühlschrank untergebracht.

»Er war ein guter Mensch«, sagte die Sekretärin stockend. »Ich weiß gar nicht, was jetzt werden soll …«

Tatsächlich war der Kühlschrank voll mit Hochprozentigem. Keppler nahm eine Whiskyflasche in die Hand. Scotch, Laphroaig – das war was für Kenner. Aber wieso versteckte er ihn im Kühlschrank?

»Das ist nicht so, wie Sie denken«, beeilte sich die Sekretärin und fügte entschieden hinzu: »Herr Schneider hat die Flaschen alle verschenkt!«

Trotzdem sollte man Whisky nicht im Kühlschrank aufbewahren, dachte Keppler und wog die Flasche in der Hand.

»Für Aufträge?«, fragte er.

Die Sekretärin nickte stumm.

»Wo's klemmt, muss man schmieren«, fand auch Christian Bensen, der im Büro nebenan von Eva befragt wurde. »Das hat er immer gesagt. Hatte er noch von früher. Das war ihm nicht auszureden.«

»Scheint doch geklappt zu haben.«

»Ja«, nickte Bensen stolz, »ja, wir sind sehr gut im Geschäft.« Er deutete auf ein paar Unterlagen auf seinem Schreibtisch: »Uns steht ein Großauftrag ins Haus, deswegen wollte Peter auch in den Irak. – Wenn das klappt ...«

»Wie war denn Ihr Verhältnis zu Herrn Schneider?«, unterbrach ihn Eva.

»Sehr gut«, versicherte Bensen, »ich hab ihm viel zu verdanken.« Er zog seinen Kittel aus, sank seufzend hinter den Schreibtisch und sah nachdenklich ins Leere. »Was soll denn jetzt werden?«

»Werden Sie«, Eva lauerte, »die Firma übernehmen?«

»Ja, keine Ahnung.« Besen winkte etwas zu heftig ab und schüttelte ratlos den Kopf. »Ist ja noch viel zu früh ...«

Wieso?, dachte Eva. Immerhin muss so ein Unternehmen ja geführt werden. Zumal dieser Großauftrag ins Haus steht. Oder will Bensen nur den Eindruck erwecken, nicht auf Schneiders Posten scharf zu sein?

Die Tür ging auf, und eine für Evas Geschmack ziemlich aufgedonnerte Frau von etwa Mitte dreißig stöckelte herein, die knallrote Bluse wagemutig weit aufgeknöpft.

»Äh ...«, stutzte sie, als sie Eva sah und fixierte sie abschätzend. Konkurrentin? Neue Arbeitskraft? Freundin?

»Du, ich bräuchte da noch ein paar Unterschriften von dir«, wandte sie sich schließlich vertraulich Bensen zu und legte ihm ein paar Papiere vor.

Bensen nickte und stellte die Frauen einander vor: »Das ist Frau Saalfeld – das ist meine Assistentin, Frau Rike Cordes.«

»Hallo«, grinste Rike Cordes.

»Hallo«, nickte Eva.

»Frau Saalfeld ist von der Polizei«, erklärte Bensen und schluckte. »Peter ist tot«, fügte er hinzu, »er ist ermordet worden.«

Einen Moment lang entgleiste Rike Cordes das hübsche Gesicht. Aber dann fing sie sich wieder: »Damit macht man keine Scherze«, sagte sie vorwurfsvoll.

»Das ist leider kein Scherz«, stellte Eva fest.

Rike Cordes starrte ihren Chef entsetzt an und schnappte nach Luft. »T... tut mir leid«, stammelte sie und verließ hastig den Raum, »ich muss ...«

Eva stoppte sie in der Tür. »Hatten Sie ein gutes Verhältnis zu Herrn Schneider?«

»V... Verhältnis?« Empört fuhr Rike Cordes herum und sah Bensen an. »Wir hatten kein Verhältnis! Ich ...« Sie hielt verwirrt inne. »Tut mir leid«, wiederholte sie nervös, »das kommt jetzt ein bisschen überraschend. Ich weiß gar nicht ...« Sie sprach nicht weiter, ließ Eva stehen und stöckelte fluchtartig davon.

Interessant, dachte Eva und sah Bensen fragend an. Doch der schwieg betreten.

»Gab es viele Konkurrenten bei dem Irakauftrag?«

»Ja, es gab einige Bewerber«, nickte Bensen, sichtlich

froh, dass es wieder ums Geschäftliche ging, »aber am Ende hatten wir einfach die überzeugenderen Argumente.«

»Die da wären?«

»Na …«, Bensen machte eine entsprechende Handbewegung, »zwischen Daumen und Zeigefinger liegt der Hund begraben.«

Nebenan hatte Keppler unterdessen ein gerahmtes Foto entdeckt, das etwas versteckt in einer Nische neben der Tür hing. Peter Schneider inmitten seiner Mitarbeiter. Etwas verkrampft lächelte die Belegschaft in die Kamera.

»Das haben wir ihm zum fünfzehnjährigen Bestehen der Firma geschenkt, vor zweieinhalb Jahren.« Frau Hönig kam heran. »War gar nicht so einfach, alle zusammenzukriegen.«

»Haben Sie dafür extra einen Fotografen bestellt?«

»Nein«, erwiderte die Sekretärin, »das hat Herr Finster noch fotografiert.« Sie deutete auf einen Mann am rechten vorderen Bildrand. »Er hier. Siegbert Finster. Mit Selbstauslöser, bevor er …«

»Bevor er was?«, fragte Keppler, als sie nicht weitersprach, und betrachtete sich diesen Herrn Finster genauer. Er fiel auf unter den Mitarbeitern, war weniger korrekt gekleidet, der Anzug ungebügelt, die Krawatte schief gebunden. Ein Typ, der die adrette Homogenität des Teams sprengte. Ein Außenseiter, der Keppler an jemanden erinnerte. Dieser Blick in die Kamera. Traurig, unsicher. Voller Verzweiflung.

»Er war ein guter Ingenieur«, sagte Frau Hönig, »bis ihn seine Frau verlassen hat. Die ist mit einem aus dem Westen abgehauen, Hals über Kopf. Hat die Kinder mitgenommen …«

Verdammt, dachte Keppler, dieser Blick. Woher kenne ich diesen Kerl?

»Er ist nicht drüber weggekommen.« Die Sekretärin faltete die Hände. »Erst hat er gekämpft, aber dann ...« Sie schüttelte den Kopf. »Wir sind nicht mehr an ihn rangekommen ...«

Und plötzlich wusste Keppler, an wen ihn dieser Siegbert Finster auf dem Foto erinnerte. An seine Kindheit im hessischen Landsberg. An einen Jungen, der immer Pech gehabt hatte und auch ein Außenseiter gewesen war. Der immer gemobbt wurde und dennoch nie aufgab. Er hatte einen osteuropäischen Namen gehabt, Pjotr ... Pjotr Zusek.

Jeden Tag wartete Zusek mit seinem uralten, selbst getunten Mofa am Ortseingangsschild auf Herausforderungen. Herausforderungen in Form von schnellen Wagen. Sobald sich ein Mercedes, ein BMW oder gar ein röhrender Porsche dem Ort näherte, wurde Zusek nervös wie ein Formel-1-Fahrer vor dem Grand Prix. Er ließ das Standgas aufheulen, sein Mofa bockte wie ein scheuendes Pferd. Und wenn der BMW, Porsche oder Mercedes an ihm vorüber war, ließ er den Gang kommen und bretterte mit Vollgas hinterher, um die hubraumstarken Karossen spätestens an der Eisdiele am Markt zu überholen – dort, wo die Mädchen waren und er der Held. Meist ging etwas schief, entweder die Bremsen versagten, und er krachte mit dem Mofa nach triumphalem Sieg über die deutsche Automobilkunst in Annikas Blumenladen oder Bauer Hüppenraths Heuschober. Ein anderes Mal flog ihm der kleine Zweitakter des Mofas noch während der rasanten Fahrt um die Ohren. Und immer bekam er Ärger mit Kohlmann, dem Dorfpolizisten. Mit fünfzehn versuchte er, als blinder Passagier nach Amerika zu kommen, um sich der NASA vorzustellen. Natürlich wurde er noch auf dem Frankfurter Flughafen erwischt und nach Hause geschickt. Schließlich ging Zusek zur Feuerwehr. Auch da konnte man ein Held sein. Dann kam der furchtbare Unfall auf der A 5 bei Dreieich. Über achtzig Autos waren im Nebel ineinandergerast, Verletzte und Tote mussten aus den Wracks geschweißt werden. Zusek leitete einen der Rettungstrupps, ein Kind starb in seinen Armen. Er konnte es nie verwinden, fing an zu trinken, Frau und Kinder verließen ihn, er verlor seinen Job. Das Einzige, was ihm am Ende blieb, war ein kleiner Hund, den er ebenfalls aus einem der brennenden Autos gerettet hatte. Bis ein paar Jugendliche den Hund erschossen. Einfach so. Aus Daffke. Das war es, was das Fass zum Überlaufen brachte …

Und hier? Siegbert Finster auf dem Jubiläumsfoto der GASTEC AG?

Was hatte bei ihm das Fass zum Überlaufen gebracht?

ACHT

»Keppler! Du verrennst dich!« Eva konnte es nicht fassen. Sie wollte in der GASTEC AG mit den Ermittlungen fortfahren, die Mitarbeiter weiter befragen, recherchieren, was es mit dem merkwürdigen Verhalten von Rike Cordes und Christian Bensen auf sich hatte, doch Keppler hatte nur noch diesen Finster im Kopf. Die Sekretärin hatte erzählt, dass er am Ende handgreiflich wurde, wenn man ihn auf sein Befinden ansprach. Das habe ihm mehrere Verfahren wegen Körperverletzung eingebracht. Irgendwann galt Siegbert Finster bei vielen in der Firma als unzurechnungsfähig, und am Schluss habe er sogar den Chef bedroht. Dies und nicht der Alkohol sei der Grund für die Kündigung gewesen.

Knapp zehn Minuten später standen sie in der Kleinzschocherschen Herrmann-Meyer-Straße, ein Geviert von viergeschossigen Backsteinhäusern, die noch in der Kaiserzeit, zwischen 1908 und 1914, vom Leipziger Architekten Max Pommer für die Stiftung »Zur Erbauung billiger Wohnungen« errichtet worden waren. Auch heute schienen hier vor allem die einfacheren Leute zu leben. Auf der Grünfläche zwischen den Häusern flatterte Wäsche an der Leine, auf einer Bank unter einem Baum saßen zwei Männer beim Bier und stritten sich lautstark darüber, warum immer Bayern München Deutscher Meister wurde.

»Die Bayern spielen erstklassigen Fußball«, sagte der eine, »und sie haben die besten Spieler. Da können die anderen Vereine eben nicht mithalten.«

»Quatsch. Die haben einfach die meiste Kohle«, widersprach der andere. »Die bestechen die Schiris, und das war's.«

Siegbert Finster wohnte im Parterre und schien nicht zu Hause zu sein, denn auf Evas mehrmaliges Klingeln öffnete niemand. Zwar stand die Balkontür auf, und es rekelte sich ein fetter Kater wohlig in der Sonne, doch sonst rührte sich nichts.

Keppler überlegte, ob er einfach über die Balkontür einsteigen sollte. Aber dann würde er unweigerlich wieder Ärger mit Eva bekommen, und auf den hatte er keine Lust.

Wieder drückte Eva den Klingelknopf.

»Der macht nicht auf«, rief eine Nachbarin, die auf dem Hof ihre Wäsche aufhängte.

»Woher wissen Sie denn, dass er zu Hause ist?«, fragte Eva.

»Weil er immer zu Hause ist«, erklärte die Nachbarin missmutig und begann zu schimpfen: »Der geht ja kaum noch aus der Wohnung wegen der Katzen. Der hortet die Viecher wie wir früher die Apfelsinen! Nee, eine Zumutung ist das für uns alle. Allein der Gestank.« Sie nahm ihren leeren Wäschekorb und kam mit dem Haustürschlüssel heran. »Ich hab schon x-mal die Behörden informiert, aber außer dass die mal vorbeigucken, machen die auch nichts. – Halten Sie mal bitte?« Sie drückte Eva den leeren Wäschekorb in den Arm, schloss die Tür auf und ließ die Kommissare ins Haus.

Aber auch das brachte sie nicht wirklich weiter, denn nun standen sie vor der verschlossenen Wohnungstür. Auf ihr Klopfen hin öffnete niemand, und Eva zweifelte schon, ob wirklich jemand zu Hause war, als Keppler ein Gedanke kam. Wenn dieser Siegbert Finster tatsächlich ähnlich wie der gute alte Freund Zusek tickte, konnte man ihn am besten bei seinen Obsessionen packen. Bei Zusek waren es erst die Mädels, die er mit seinen Heldentaten beeindrucken wollte, und später sein kleiner Hund gewesen. Und bei Finster? Sagte die Nachbarin nicht irgendwas von Katzen?

Keppler zog einen Kugelschreiber aus der Sakkotasche und schlug seinen Notizblock auf. *»Lieber Herr Finster«*, schrieb er auf ein leeres Blatt, *»ich muss beruflich ins Ausland und hatte gehofft, bei Ihnen ein neues Heim für meine sehr seltene und anschmiegsame Siamkatze Eva finden zu können. Schade! Muss ich sie wohl wieder mitnehmen.«* Das war zwar gemein, sollte aber Erfolg haben. Mit feinem Lächeln riss Keppler den Zettel aus dem Notizblock, faltete ihn zweimal und steckte ihn dann in den Briefschlitz.

Eva sah ihn fragend an. Natürlich verstand sie nicht, was Keppler vorhatte. Wenn sie wüsste, dass Keppler sie gerade zur Siamkatze geadelt hatte … Er legte den Finger auf die Lippen. Kein Mucks und abwarten!

Tatsächlich wurde der Zettel kurz darauf von innen in die Wohnung gezogen.

Na also, Finster war daheim.

Keppler verharrte angespannt und bedeutete Eva, ebenfalls weiterhin ruhig zu sein. Sie standen links und rechts der Tür, sodass Finster sie auch durch den Spion nicht sehen konnte, und rührten sich nicht.

Einen Moment später öffnete sich die Wohnungstür ein wenig. Blitzschnell schob Keppler seinen Fuß in den Spalt und drückte die Tür auf.

»Guten Tag, Herr Finster«, sagte er lächelnd und hielt dem verblüfften Mann seinen Dienstausweis vor die Nase. »Dürfen wir reinkommen?« Schon war er drinnen und sah sich um.

Siegbert Finster, etwa im gleichen Alter wie Keppler, unrasiert und in ausgebeulte Jeans, ein altes Holzfällerhemd und eine verschlissene Strickjacke gekleidet, starrte ihn mit großen ängstlichen Augen an. Wo ist die Siamkatze?, schienen sie zu fragen. Und was soll diese Frau hier?

Eva nickte dem verwirrten Mann entschuldigend zu und folgte Keppler, der sich prüfend umsah.

Die Wohnung war unordentlich, aber nicht verwahrlost. Ein typischer Junggesellenhaushalt, wenn nicht die vielen Katzen gewesen wären. Überall saßen sie herum, auf Sesseln, Fensterbänken und Kommoden; Perser- und Angorakatzen, getigerte und schwarze. Einige strichen schnurrend um Kepplers Beine herum. Ein Alptraum für Allergiker.

Und ein Fest für Alkoholiker, denn in der Küche standen eine Unmenge noch nicht geleerter Weinbrandflaschen herum. Keppler nahm eine davon in die Hand. Wilthener Goldkrone – man konnte sich mit besserem Schnaps ruinieren.

»Moment mal!« Schon hatte ihm Finster die Flasche wieder abgenommen und in die Jackentasche gesteckt. »Wo ist die Katze?«

»Wir würden Ihnen gerne ein paar Fragen stellen«, begann Keppler, doch Finster, der endlich den Trick durchschaut hatte, unterbrach ihn barsch.

»Ich muss Ihnen gar nichts sagen«, regte er sich auf. »Verstehen Sie?«

»Ja«, sagte Keppler beruhigend und griff nach einem der vielen kleinen Keramikkätzchen, die auf dem Wandbord standen, doch Finster ließ sich nicht beruhigen.

»Na kommen Sie, gehen Sie, raus hier!«

»Wie viele Katzen haben Sie denn?«, erkundigte sich Eva interessiert und betrachtete den überdimensionierten Kratzbaum am Küchenfenster.

»Wie bitte?« Siegbert Finster fuhr herum wie ein geprügelter Hund. »Gehen Sie! Gehen Sie raus hier!« Er schien allmählich in Panik zu geraten. »Sie haben hier nichts zu suchen! Verstehen Sie?«

»Jetzt regen Sie sich mal nicht so auf!« Auch Keppler konnte laut werden. »Wir wollen uns gerne mit Ihnen unterhalten, das ist alles.«

»Das ist meine Wohnung«, rief Finster aufgebracht, »Sie dürfen nicht hier sein!«

»Herr Finster, ich mache Ihnen einen Vorschlag.« Eva lächelte versöhnlich. »Wir gehen jetzt, okay?«

Keppler konnte es nicht fassen. Was redete sie da?

»Und Sie kommen morgen früh in die Dienststelle. Morgen früh um zehn.« Eva holte ihre Karte heraus. »Da steht die Adresse drauf. Wir haben nur ein paar Fragen«, fügte sie beschwichtigend hinzu.

Finster ignorierte die Karte. »Na, kommen Sie, gehen Sie«, rief er erneut.

»Kommen Sie, gehen Sie«, machte Keppler verächtlich und lief verärgert zur Tür.

»Wir sehen uns morgen früh«, insistierte Eva, »um zehn, ja?«, dann folgte sie Keppler hinaus.

Der war sauer. »Sag mal, spinnst du?« Da hatte er sich mit Mühe Zugang zur Wohnung verschafft, und sie … Der Kerl war immerhin tatverdächtig: Er hatte ein Motiv und war groß und kräftig genug, um Schneider die Beine abzuhacken.

»Du hast doch gesehen, dass da nichts ging«, entgegnete Eva. »Der tut mir leid.«

»Ah, er tut dir leid.« Keppler war fassungslos. »Und wenn er abhaut?«

»Der haut nicht ab.« Eva ging zum Wagen zurück.

Keppler lief ihr nach. »Schneider hat ihn rausgeschmissen«, regte er sich auf, »Finster hat ihn deswegen mehrmals bedroht!«

»Du glaubst doch nicht im Ernst, dass von Finster eine Gefahr ausgeht?« Eva winkte ab. »Der steht sich doch selbst im Weg.«

»Der Mann ist vorbestraft«, erwiderte Keppler wütend, »wegen Körperverletzung. Der kommt uns doch nicht freiwillig besuchen!« Manchmal fragte er sich wirklich, was in Eva vorging.

»Der kommt!« Eva schien sich ihrer Sache sicher.

»Der kommt ...«, wiederholte Keppler genervt und wandte sich kopfschüttelnd ab. Dabei war der Fall völlig klar und Finster morgen über alle Berge. Aber Eva und ihre seltsamen Intuitionen. Damit konnte sie ihn schon immer in den Wahnsinn treiben!

***

Christian Bensen saß nachdenklich in seinem Büro, als Frau Hönig hereinkam und ihm einen Stapel Papiere zur Unterschrift auf den Schreibtisch knallte. Jetzt, wo der Chef tot war, durfte er alles abzeichnen, und offenkundig nahm sie ihm das übel. Wortlos wollte sie den Raum wieder verlassen, doch Bensen hielt sie mit einem »Frau Hönig?« zurück.

»Ja?« Sichtlich ungern drehte sie sich noch einmal zu ihm um.

Bensen erhob sich rasch und deutete auf einen Stuhl. »Setzen Sie sich doch, bitte!«

Die Sekretärin machte keine Anstalten, der Aufforderung zu folgen.

Seufzend überlegte Bensen, wie er das Gespräch beginnen sollte.

»Wie geht es denn Ihrem Sohn Timmi?«, erkundigte er sich schließlich, wurde aber gleich zurechtgewiesen:

»Tobi«, korrigierte ihn Frau Hönig kühl.

»Äh, Tobi …« Bensen nickte. »Tobi heißt der junge Mann, ja. – Alles klar bei ihm?«

»Ja.« Die Sekretärin blieb einsilbig.

»Und in der Schule ist auch alles gut?«

»Ja. Was wollen Sie?«

»Ich wollte einfach mal mit Ihnen reden.« Bensen kam um seinen Schreibtisch herum und lächelte bemüht. »Wir hatten ja bisher noch nie Gelegenheit dazu. Peter hat Sie ja quasi okkupiert. Und jetzt, wo er nicht mehr da ist …«

»Ja, es ist furchtbar!« Frau Hönig starrte Bensen anklagend an. »Und ich kann es noch gar nicht glauben.«

»Es ist unfassbar«, pflichtete Bensen ihr mit tragischer Miene bei, »ein fürchterlicher Verlust …«

Sie wandte sich von ihm ab und ging zu seinem Schreibtisch, um Bensen die Termine zu notieren, die für den Chef vorgemerkt waren und nun vom Vize übernommen werden mussten.

»Um Ihren Arbeitsplatz brauchen Sie sich übrigens keine Sorgen zu machen«, sagte Bensen fürsorglich, »den werden wir erhalten.«

»Wirklich?« Frau Hönig sah ungläubig auf.

»Ja«, versicherte Bensen, »das ist doch selbstverständlich.«

Sie deutete auf die Papiere: »Sie haben das noch nicht unterschrieben.«

»Ja, das … das mache ich nachher.« Er seufzte erneut und sah sich um. »Sagen Sie, jetzt mal unter uns«, Bensen steckte die Hände in die Hosentaschen und sah die Sekretärin vertraulich an, »glauben Sie, es war jemand aus der Firma?«

Keine Antwort.

»Weil«, erklärte Bensen gedehnt, »ich mache mir nämlich ein bisschen Sorgen wegen dem Herrn Finster. Weil der doch neulich so wütend geworden ist ... Haben Sie das der Polizei erzählt?«

Frau Hönig sah ihn aufmerksam an, verzog aber keine Miene.

»Haben Sie der Polizei auch von der kleinen Auseinandersetzung erzählt«, fragte Bensen weiter, »die Peter und ich letzte Woche hatten?«

Frau Hönig lächelte bitter, wandte sich kopfschüttelnd ab und verließ das Büro ohne ein weiteres Wort.

NEUN

»Wer immer es getan hat, ich bin ihm dankbar dafür!« Yvonne Schneider stand an der Spüle und versuchte, ihre Mutter mit einer Flasche Champagner aufzumuntern. »Sei froh, dass du ihn los bist! Er ist keine deiner Tränen wert.« Plopp, knallte der Sektkorken. »Keine«, wiederholte Yvonne eindringlich.

»Hör auf, so zu reden«, mahnte Gitta Schneider. Sie saß müde und erschöpft am Küchentisch. »Du hast ihm eine Menge zu verdanken.«

»Ach ja?«, sagte Yvonne bitter. »Was denn zum Beispiel? Welche von meinen drei Therapien meinst du? – Danke, Peter Schneider«, rief sie mit ätzendem Spott und sah ihre Mutter herausfordernd an. »Dankeschön!«

Gitta hatte schwer den Kopf in die Hände gestützt und sah schweigend ins Leere.

Yvonne atmete tief durch. »Weiß man schon, wer es war?«

Ihre Mutter schüttelte den Kopf, ohne aufzusehen.

»Und wo ist Micha?«, erkundigte sich Yvonne. »Und Susi?«

»Micha will morgen kommen.« Gitta strich sich eine Haarsträhne aus der Stirn. »Er muss heute arbeiten.« Sie seufzte. »Und Susi habe ich mindestens fünfmal aufs Band gesprochen. – Hast du mit ihr geredet?«

»Nein.« Yvonne schüttelte den Kopf. »Aber sie wird sich bestimmt melden.« Ihr fiel auf, dass der Vogelkäfig fehlte. »Sag mal, wo ist denn Bubi?«

Gitta blickte aus dem Fenster. »Gestorben«, sagte sie abweisend.

»Willst du einen Neuen?«

Gitta winkte unmerklich ab. »Vielleicht später.«

»Gut«, Yvonne füllte zwei Gläser mit Champagner, »dann trinken wir jetzt einfach auf später!«

Es klingelte an der Wohnungstür, aber Yvonne achtete nicht drauf. Lächelnd hielt sie ihrer Mutter ein Sektglas hin. »Auf die Zukunft!«

Aber Gitta Schneider war nicht aufzumuntern. »Scheiß Zukunft«, murmelte sie nur und erhob sich, um zu öffnen.

Yvonne sah ihr sorgenvoll nach.

Vor der Tür stand die Kommissarin Eva Saalfeld.

Gitta Schneider ließ sie schweigend ein und kam wieder in die Küche.

Yvonne goss das Glas ihrer Mutter in der Spüle aus. Die würde ohnehin nichts mehr trinken.

»Hallo!« Eva Saalfeld nickte Yvonne lächelnd zu.

»Hallo«, gab die zurück.

»Schön, dass Sie nicht allein sind«, wandte sich Eva Gitta zu, doch die ging nicht darauf ein.

»Kann ich zu ihm?«, fragte sie nur.

»Ja.« Eva nickte. »Die Rechtsmedizin hat den Leichnam Ihres Mannes ab morgen freigegeben. Sie können also …«

»Morgen um neun«, wurde sie von der Witwe unterbrochen, »geht das? Wo muss ich denn hin?«

»Wieso hast du's denn so eilig, Mama?« Yvonne sah ihre Mutter fragend an.

»Weil ich …« Gitta stockte. »Weil ich es sonst nicht … Ich muss ihn sehen!«, rief sie schließlich entschieden.

»Alles gut.« Yvonne hob ergeben die Hände. »Alles gut.« Sie trat beruhigend auf ihre Mutter zu und nahm sie bei den Armen. »Ich tausche morgen meinen Dienst, und dann komme ich mit dir. Du musst da nicht …«

»Nein, das ist meine Sache«, wehrte Gitta Schneider ab,

»ich geh da alleine hin!« Sie machte sich los und ging zurück an den Küchentisch.

»Es war ein Angebot«, stellte Yvonne klar.

»Also, morgen früh um …«, rief Eva, doch Gitta Schneider hörte ihr nicht zu. Stattdessen blickten sie Yvonnes Augen aufmerksam an. Schöne Augen, dachte Eva, voller Melancholie. Und sie schauen genauso verletzt und scheu wie die der Mutter.

»Um neun«, sagte Eva und gab Yvonne das Schreiben der Rechtsmedizin. »Die Adresse steht drauf.«

»Danke.«

»Wiedersehen«, verabschiedete sich Eva.

Yvonne sah ihr nach. »Tschüss«, sagte sie leise.

***

Eva war froh, der drückenden Stimmung bei den Schneiders entronnen zu sein. Sie wollte gerade ihren Wagen aufschließen, als sie von einer Frau angesprochen wurde.

»Sind Sie von der Polizei?«

»Ach herrje«, sagte Eva, »sieht man mir das an?«

»Nichts für ungut, aber so was habe ich im Blut.« Die Frau senkte den Blick und lächelte verhalten. »Das ist wie früher, da wusste man auch immer, wer …« Sie sprach nicht weiter, sah stattdessen verstohlen durch den Zaun zur Schneider'schen Villa hoch. »Die arme Frau Schneider. Wenn ich mir vorstelle, mein Mann würde so grausam ermordet werden …«

Eva betrachtete die Frau genauer. Sie war vielleicht Anfang, Mitte vierzig und elegant gekleidet. Das Haar sorgsam blondiert und hochgesteckt, die Hände frisch manikürt. Wahrscheinlich wohnte sie in der Gegend. Eine ehemalige Funktionärsgattin, deren Mann es dank seiner Verbindungen auch in der Marktwirtschaft zu Geld und

Ansehen gebracht hatte und selten zu Hause war. Die Art Frau, die viel Zeit auf ihr Aussehen verwandte, die Tage mit Shopping und Tratsch verbrachte und sich ansonsten zu Tode langweilte. Solche Leute hatten ihre Augen überall. Und manchmal wussten sie was.

»Sagen Sie«, Eva holte einen vergrößerten Ausschnitt des Jubiläumsfotos aus Schneiders Chefbüro in der GASTEC AG hervor, »den Mann hier: Haben Sie den schon mal gesehen?« Sie deutete auf Siegbert Finster.

»Ist er das?« Erschaudernd sah die Frau auf das Foto.

»Haben Sie ihn schon mal gesehen?«, wiederholte Eva ihre Frage.

»Ja, der ist öfter hier.« Die Frau senkte ihre Stimme und sah sich verschwörerisch um. »Der Schneider hat ihn immer wieder weggejagt.«

»Wie gut kennen Sie denn die Familie?«

»Ach Gott, ja, wie man sich so kennt als Nachbarn«, winkte die Frau ab und blickte sich wieder argwöhnisch um. »Also, er ist immer sehr nett gewesen, aber sie …« Sie hob schnippisch das Kinn. »Na ja, sie redet nicht mit jedem. Hält sich für was Besseres.«

Eva dachte sich ihren Teil, ließ sich aber nichts anmerken. »Wann haben Sie Herrn Schneider denn das letzte Mal gesehen?«, fragte sie stattdessen.

»Vorletzten Montag, so gegen halb neun«, erklärte die Nachbarin, »da ist er zur Arbeit gefahren.« Erneut sah sie zur Schneider'schen Villa hoch. »Ich habe mich noch gewundert. Der fährt ja sonst immer in aller Herrgottsfrühe.«

Ja, aber da wollte er auch nicht ins Büro, sondern zum Flughafen, überlegte Eva. Die Frage war, was danach passiert war. Denn unmittelbar darauf war Schneider ermordet worden, seine Beine wurden abgehackt, die Leichenteile in den Kanal geworfen.

Und sein Auto? – Wo war das abgeblieben?

ZEHN

Bärchenwurst! Immer diese verdammte Bärchenwurst!

Lina aß sie am liebsten mit den Händen. Zerpflückte sie regelrecht, erst die dunklen Stücke, dann die hellen. Rüdiger Kuhnert verabscheute es. Er war ohnehin mächtig geladen; der Tag heute war alles andere als gut gelaufen. Suboptimal, wie er es ausdrückte, vor allem das Gespräch mit dem Chef. Der hatte ihm mangelnde Führungsqualitäten vorgeworfen, ihm! Hatte er seine Truppe nicht gnadenlos im Griff?

»Eben«, hatte der Chef gesagt, »gerade Ihre sogenannte ›Gnadenlosigkeit‹ missfällt mir.«

Dieser blöde Idiot! Wenn irgendwas schiefging, trug schließlich Kuhnert die Verantwortung; wenn irgendeiner seiner Leute nicht spurte, war er dran. Und wenn alles klappte, hieß es: »Ihre Führungsqualitäten lassen zu wünschen übrig«, na prima – wie er es auch anstellte, machte er es falsch. Aber da steckte System dahinter, dessen war er sich sicher, da gab es einige in der Messebau GmbH, die mächtig an seinem Stuhl sägten, weil sie sich mit den Früchten seiner Arbeit schmücken wollten. Verdammte Intrigantenbande! Aber die würde er schon noch das Fürchten lehren, ab morgen würde er in seiner Abteilung richtig aufräumen, die würden seine Führungsqualitäten schon noch kennenlernen – und wenn Lina nicht sofort anfing, ihre Wurst wie ein zivilisierter Mensch zu essen, würde er bei ihr anfangen!

Zuerst aber war Suse dran. Sie war schließlich die Mutter und als solche für die Erziehung zuständig, oder sollte er sich darum etwa auch noch kümmern?

»Jetzt sag du doch mal was«, fuhr er sie an. »Isst man so

etwa seine Wurst? Mit beiden Händen, wie ein Eichhorn?«

»Lass sie doch«, erwiderte Susanne.

»Du kannst ihr doch nicht alles durchgehen lassen«, regte sich Kuhnert auf. Kinder brauchten Grenzen, das sagten alle Erziehungsberater. Und sie brauchten Tischsitten. Wer fraß wie ein Schwein, würde nicht weit kommen im Leben!

»Ist doch genug da«, sagte Susanne.

Als wenn es darum ginge! Natürlich war genug da, dafür sorgte er ja den ganzen Tag. Rackerte sich ab und ärgerte sich rum, nur damit sein Töchterchen mit der Wurst herumaasen konnte, wie es wollte – es war nicht zu fassen.

»Und?«, fragte er und begann, sich mühsam beherrscht ein Brot zu schmieren.

»Was, und?« Susanne sah ihn nicht einmal an.

»Ist die Sache jetzt damit für dich erledigt?« Würde sie bitte mal ihrer Erziehungspflicht nachkommen? Kuhnert atmete tief durch. Oder sollte er jetzt durchgreifen? Um hinterher wieder als der Böse dazustehen?

Liebevoll sah Susanne ihre Tochter an. »Man isst die Wurst nicht ohne Brot!«

»Warum nicht?«, fragte Lina und schob sich weiter ungerührt die unsägliche Bärchenwurst in den Mund.

»Weil man das«, wütend schlug Kuhnert mit der Faust auf den Tisch, »verdammt noch mal nicht *macht*!«

Erschrocken sah ihn Lina an. Sie wollte nach ihrem Fruchtsaft greifen, doch ihre Hände zitterten, und das Glas fiel um.

Kuhnerts rechte Hand fuhr herum und versetzte Lina einen schallenden Schlag ins Gesicht. Im selben Moment tat es ihm leid.

Lina sprang auf und rannte heulend in ihr Zimmer.

Herrgott, er wollte das doch nicht! Was konnte er dafür, wenn Suse ihren Mutterpflichten nicht nachkam und er ohnehin schon total genervt war. Die Hand war ihm halt ausgerutscht, na und? Außerdem:

»Eine Ohrfeige hat noch keinem Kind geschadet.«

Verärgert stand Susanne auf und wollte Lina nach.

Kuhnert stieß sie hart auf ihren Stuhl zurück. »Setz dich hin!« So weit kam es noch, dass sie jetzt wieder die Trösterin spielte und er der Dumme war.

»Ich muss zu Lina!«, rief Susanne, doch Kuhnert erhob sich drohend von seinem Stuhl.

»Ich habe gesagt, du sollst dich hinsetzen!«

»Und ich habe gesagt«, Susanne sah ihm standhaft in die Augen, »ich muss zu Lina!«

Das war zu viel. »SETZ DICH HIN«, brüllte er und versetzte seiner Frau einen Schlag, dass sie zurücktaumelte. »Setz dich!« Er stieß sie mit beiden Händen vor die Brust, dass sie über ihren Stuhl fiel, und schlug erneut zu: »Setz dich hin!«

Susanne schrie und landete auf dem Fußboden, doch er prügelte weiter. Er war außer Kontrolle. Er wusste genau, dass das, was er tat, falsch war, aber er hatte es nicht mehr im Griff. Den ganzen Tag hatte er sich beherrschen müssen, jetzt ging es nicht mehr. Was mussten sie ihn auch immer alle provozieren? Warum setzte Susanne abends immer noch einen drauf? Diese verdammte Schlampe war unfähig, die Tochter zu erziehen, und er sollte es ausbaden? Wieder schlug er zu, wieder und wieder.

»Du setzt dich jetzt auf deinen verdammten Arsch«, keuchte er außer sich und begann sie zu würgen, »und isst mit mir zu Abend!«

Susanne blieb die Luft weg, aber er hörte nicht auf. Er kniete über ihr, seine Hände umschlossen fest ihren Hals. Sie starrte ihn an, panisch. Voller Angst.

»Nein«, rief sie erstickt, »nein!«

Doch er ließ nicht locker. Drückte ihr brutal die Luft ab. Er konnte nicht anders. Er sah rot.

Er war ein rasendes Tier.

***

Die ruhige Gegend draußen in Probstheida, nahe der Prager Straße gelegen, mit ihren neu erbauten Doppelhaushälften, strahlte Harmonie und Frieden aus. Anwohner wässerten ihre Blumenbeete, die spätnachmittägliche Sonne schien, alles wirkte bieder und anständig. Nichts deutete auf den Schrecken hin, auf das Familiendrama, das sich bei den Kuhnerts ereignete.

Keppler klingelte an der Haustür, doch niemand öffnete. Dabei hatte er extra bis zum Nachmittag gewartet, weil er hoffte, nach Feierabend jemanden antreffen zu können. Vergebens. Er hätte vorher bei der Schneider-Tochter anrufen sollen. Andererseits war es ihm immer lieber, unangekündigt bei Verwandten und Bekannten eines Mordopfers aufzutauchen. Gerade bei den nächsten Angehörigen lieferte das Überraschungsmoment oft wichtige Anhaltspunkte. Zudem konnte man sich, wenn man unverhofft kam, einen besseren Überblick über Wohnsituation und Verhältnisse der zu Befragenden verschaffen, als wenn sie sich auf seinen Besuch vorbereiten konnten.

Das Risiko allerdings war, dass man sie nicht antraf.

So blieb ihm nichts weiter übrig, als den Weg zurück per Straßenbahn in die Dienststelle anzutreten und es ein anderes Mal zu versuchen.

ELF

Eva wartete bereits auf ihn. Sie hatte herausbekommen, was für einen Wagen Peter Schneider fuhr: einen dunkelgrünen Jaguar XJ Six der 3er-Serie in amerikanischer Ausführung, zugelassen als Dienstlimousine der GASTEC AG. So ein auffälliges, luxuriöses Auto musste sich doch finden lassen. Eva hatte eine Fahndung herausgegeben, bislang allerdings ohne Erfolg. Der Jaguar blieb verschwunden.

Immerhin passte das Auto zu ihrem bisherigen Bild von Peter Schneider. Ein autoritärer Vater, ein strenger Chef, ein Mann, der sich mit den Symbolen der Macht ausstattete und alles mit Geld regelte.

»Alle Leute, die Peter Schneider auch nur ein bisschen kannten, fanden ihn nicht besonders sympathisch«, sagte sie nachdenklich. »Er muss ein ganz schöner Despot gewesen sein, herrschsüchtig, ungerecht, aber sehr, sehr fleißig ...«

»Seine Sekretärin, Frau Hönig, die hat ihn wohl gemocht«, widersprach Keppler und setzte sich an seinen Schreibtisch. »Und dieser Christian Bensen, der hat ihn wohl als seinen Mentor geradezu verehrt.«

Eva sah auf: »Was ist eigentlich mit seinem Alibi?«

»Er war am Montagmorgen wegen finanzieller Transaktionen bei der Bank.« Keppler sortierte seine drei Notizblöcke und winkte ab. »Das habe ich überprüft.«

»Ich traue dem nicht«, sagte Eva. »Ich glaube, der ist nicht so harmlos, wie er tut.«

Nicht schon wieder deine weibliche Intuition, dachte Keppler. An die glaube ich erst wieder, wenn dieser Siegbert Finster morgen tatsächlich zur Vernehmung erscheint.

»Wir sollten uns noch mal bei der GASTEC umschauen.« Eva erhob sich. »Vielleicht finden wir doch was. – Aber nicht heute, morgen ist auch noch ein Tag.« Sie zog sich ihre Jacke an und sah Keppler aufmunternd an. »Na los! Ich bring dich zu deiner Pension.«

»Nee.« Keppler schüttelte den Kopf.

»Wie nee?« Eva stutzte.

»Ich gehe noch zu Michael Schneider in den Laden. Er hat gesagt, er sei bis zweiundzwanzig Uhr da. – Kommst du mit?«

»Kann es sein«, Eva grinste, »dass dir in deiner Pension die Decke ein bisschen auf den Kopf fällt?«

»Nö, wieso?« Keppler sah sie fragend an.

»Na, dann ist ja gut«, sagte Eva und wandte sich zum Gehen. »Ich frag ja nur.«

Aber das Falsche, dachte Keppler missmutig. Dass er immer noch sauer war, weil sie Finster hatten gehen lassen, davon spürte ihre weibliche Intuition offenbar nichts.

Egal. Seufzend erhob er sich, nahm sein Sakko und verließ ebenfalls das Büro.

***

Wieder so ein schöner Sommerabend in Leipzig. Die alte Innenstadt mit ihren Fußgängerzonen, den prachtvollen Bauten wie der Waage und Barthels Hof und dem Markt mit dem Alten Rathaus, das 1556/57 im Stile der Renaissance von Hieronymus Lotter erbaut worden war, erinnerten Keppler an München, wo er eine Zeit lang als Student gelebt hatte. Aber Leipzig war viel gemütlicher und vor allem nicht so teuer. Die Terrassen der unzähligen Bars, Kneipen und Restaurants auf dem Drallewatsch waren voller Menschen. Gelächter drang herüber, fröhliche Stimmen, das Klappern von Geschirr und Gläsern.

Wie gerne würde Keppler auch einfach mal draußen sitzen und etwas trinken. Aber er konnte nicht. Zu viele Menschen dort und zu viel Lärm. Ja, wenn er allein wäre, ein einsamer Gast inmitten von Hunderten leerer Tische, das könnte ihm gefallen.

So aber lief er weiter zum Brühl, einst die Weltstraße der Pelze, weil sich hier Kürschner und Rauchwarenhändler angesiedelt und den Reichtum der Stadt begründet hatten. Zu Anfang des 20. Jahrhunderts war ein Drittel des weltweiten Pelzaufkommens in Leipzig verarbeitet und gehandelt worden – vielleicht auch in jenem Geschäft, in dem Michael Schneider heute Comics verkaufte.

Keppler trat ein und sah sich die Auslagen an. Ah, die alten Tim-und-Struppi-Comics von Hergé gab's immer noch. Die hatte er als Kind verschlungen. Vor allem Kapitän Archibald Haddock hatte es ihm angetan: Hagel und Granaten, konnte der fluchen.

Im hinteren Teil des Ladens stand ein junger Mann und sortierte die neuesten Manga-Ausgaben in ein Regal.

»Wir haben eigentlich schon geschlossen«, sagte er und kam mit einer einladenden Bewegung heran, »aber schauen Sie sich nur um.«

Schwul, dachte Keppler. Das erkannte er sofort. Nicht dass er etwas gegen Homosexuelle hatte, aber irgendwie verstand er deren sexuelle Ausrichtung nicht. Das war eher etwas für den Rechtsmediziner Striesow, der ja auch eine Vorliebe für besondere Praktiken zu haben schien.

»Sagen Sie mal«, fragte er, »verkaufen Sie hier eigentlich auch Bondage-Seile?«

Der junge Mann guckte perplex. »Da gehen Sie mal besser nach nebenan.«

»Ah ja …«, sagte Keppler unbestimmt.

»Bestellen können wir Ihnen natürlich alles, Herr Kommissar.« Von hinten kam ein weiterer junger Mann heran, der eine unverkennbare Ähnlichkeit mit dem Mordopfer hatte.

»Sie sind Herr Schneider«, stellte Keppler fest. Sie hatten bislang nur miteinander telefoniert und standen sich das erste Mal gegenüber.

»Michael bitte.« Der Junior lächelte. »Bei ›Herr Schneider‹ denke ich irgendwie immer, mein Vater steht hinter mir …«

Und, dachte Keppler, wäre das so schlimm? »Was für ein Verhältnis hatten Sie zu Ihrem Vater?«

»Wir hatten seit Jahren keinen Kontakt mehr. Ich bin eigentlich nur nach Hause gefahren, wenn er …«, Michael Schneider lächelte verlegen, »… nicht zu Hause war.«

»Warum?«

Schneider hob die Schultern. »Ihm passte nicht, wie ich lebe, und andersrum war es genauso.« Er stützte sich am Verkaufstresen ab. »Ich schätze, ich war ihm nicht der gehorsame Sohn, den er rumkommandieren kann und der irgendwann mal die Firma übernimmt.« Er seufzte. »Dafür hat er sich leider einen anderen Idioten suchen müssen.«

Der junge Mann, der Keppler beim Eintreten begrüßt hatte, kam aus dem Hinterzimmer und tätschelte Schneider fürsorglich den Arm. »Ich warte in der Kneipe nebenan auf dich, ja?« Offenbar kannte er die Geschichte vom schwierigen Vater-Sohn-Verhältnis schon.

»Okay«, nickte Schneider, »bis gleich.«

»Tschüss!« Der junge Mann ging.

»Tschüss«, rief ihm Keppler nach. Dann wandte er sich wieder Schneider zu. »Sie meinen Christian Bensen?«

»Zum Beispiel.« Schneider griente schief. »Da hat er doch einen prima Ersatzsohn gefunden, oder?«

»Und das hat Sie geschmerzt.«

»Wirklich nicht.« Michael Schneider winkte ab. »Seitdem hat er mich wenigstens in Ruhe gelassen.«

Merkwürdig, dachte Keppler, dass Leute mit schmerzlichen Schicksalen oft lächeln müssen, wenn sie davon erzählen. Als ob es ihnen peinlich wäre …

»Er hat mir den Laden hier geschenkt«, sagte Schneider, »obwohl er ihn nie betreten hat …« Er schüttelte den Kopf. »Kein einziges Mal«, setzte er hinzu, »er hat weder danach gefragt noch sonst was …«

Und das schien ihm jetzt wirklich wehzutun. Dass sich der eigene Vater nicht für das, was er tat, interessierte.

»Er …«, Keppler kam fragend näher, »er verachtete Ihre Lebensweise und hat Ihnen trotzdem den Laden geschenkt?«

»Ja«, nickte Michael Schneider traurig. »Genau so war er.«

***

Was hatte er getan?

Kuhnert zitterte am ganzen Körper. Du lieber Gott, was war bloß los mit ihm? Er wollte doch nur ein ganz normales Leben führen. Mit seiner Familie. Wie Millionen andere Leute auch. Ein stinknormales, beschissenes Leben! Stattdessen drehte er durch. Immer wieder. Und er wusste nicht, warum. Er hatte doch selbst als Kind immer nur Gewalt erlebt, Prügel und Schläge vom Vater – er wollte da nur noch raus, weg, eine eigene Familie haben, die sich liebte, schützte und achtete. Stattdessen bekam er Wutanfälle! Warum? Er hat es mit psychischer Behandlung versucht, und eine Zeit lang sah es so aus, als hätte er es im Griff.

Nichts hatte er. Da war etwas in ihm, eine ohnmächtige Angst, die ihn beherrschte und sich in Gewalt entlud. Wie ein Dämon, der ihn alles zerstören ließ, was er liebte. Seine Frau. Seine Familie. Alles, was er hatte.

Bin ich krank?, dachte Kuhnert. Wahnsinnig? Ein gemeingefährlicher Psychopath?

Er wollte immer ein guter Vater sein. Aber nun wurde er gehasst. Lina hatte ihr Kinderzimmer verwüstet, die Spielsachen durcheinandergeworfen, den Puppen Arme und Beine ausgerissen, ihre Bücher und Malblöcke zerfetzt. Denn all das hatte er ihr geschenkt, ihr Vater, das unberechenbare Monster. Sie wollte es nicht mehr. Dann hatte sie sich im Badezimmer eingeschlossen und kam nicht mehr heraus. Kuhnert konnte ihr verzweifeltes, kindliches Schluchzen bis ins Wohnzimmer hören.

Und Susanne? Was war mit ihr?

Zitternd ging Kuhnert die Treppe hoch ins Obergeschoss und stieß die Tür zum Kinderzimmer auf, das Gesicht voller Tränen.

Susanne weinte nicht. Sie saß still auf dem Kinderbett, eine demolierte Babypuppe in den Händen, und starrte blicklos auf das Chaos um sie herum.

»Es tut mir leid«, flüsterte Kuhnert und kam vorsichtig näher. Wieder einmal schwor er sich, so etwas nie mehr zu tun. Und dann passierte es ihm doch. Er konnte nichts dagegen machen. Die Gewalt in ihm war stärker. Aber warum? – Warum?

Er setzte sich neben Susanne. »Es tut mir leid«, wiederholte er hilflos und begann zu weinen.

»Mir auch«, hauchte Susanne leise. Sie hatte Würgemale am Hals und ein geschwollenes Auge, das blau anzulaufen begann.

»Ich wollte das nicht«, beteuerte Kuhnert schluchzend und nahm ihr Gesicht in die Hände, damit sie ihn ansah. Damit sie ihm glaubte. Das war nicht er, das hätte er nie gewollt ... Und dennoch war es passiert. Wieder einmal.

»Verlass mich nicht«, bat er sie wie ein kleines Kind. Oh bitte, Suse, lass mich nicht allein ...

Tröstend nahm sie ihn in den Arm und gab ihm einen Kuss. So saßen sie auf dem verwühlten Kinderbett, einander umschlungen, weinend, um Verzeihung bittend.

Die Tür klappte, und Lina kam ins Kinderzimmer. Stumm sah sie auf ihre Eltern. Sah, wie die Mutter ihren heulenden Vater tröstete. Sie verstand nicht, warum Vati weinte, so ein großer starker Mann. Und sie verstand nicht, warum ihn Mutti trösten musste.

Denn war er es nicht gewesen, der ihr etwas getan hatte?

ZWÖLF

In den weiß gekachelten Räumen der Rechtsmedizin war es kühl, und es roch. Nicht nach Verwesung wie früher, nein. Heute stank der Tod wie ein Drogeriemarkt, blitzblank wie Meister Proper mit Limonenaroma. Und dennoch war die geballte Ladung Desinfektionsmittel schwer zu ertragen für Eva.

Peter Schneider war in der Mitte des Raumes unter einem weißen Laken aufgebahrt. Auf der Fensterbank dahinter stand eine Topfpflanze mit Zierefeu. Eva hatte sie Striesow einmal geschenkt, damit er hier etwas Grünes, etwas Lebendiges hatte. Jetzt kam ihr die Pflanze seltsam unpassend vor.

Striesow lehnte an einer leeren Bahre und sah an die Decke. Vergebens hatte er versucht, mit Eva ein Gespräch anzufangen, Small Talk übers Wetter, freundliche Belanglosigkeiten, mit kleinen Scherzen aufgelockert. Aber Eva war nicht auf ihn eingegangen. Sie hatte eigentlich überhaupt nichts gesagt, außer »Guten Morgen«. Also schwieg er und wartete.

Punkt neun Uhr klopfte es zaghaft an die Tür. Eva öffnete und ließ Gitta Schneider herein, die Witwe des Aufgebahrten. Sie trug Trauer, ein hochgeschlossenes schwarzes Kostüm, und war blass, obwohl sie etwas Rouge aufgetragen hatte und Lippenstift. Sie hatte sich noch einmal hübsch gemacht für ihren verstorbenen Mann.

»Frau Schneider, guten Tag.« Eva gab ihr die Hand und deutete auf den Pathologen. »Das ist Dr. Striesow, unser Rechtsmediziner.«

Beide traten an die Bahre heran. Striesow nickte der Witwe zu und sah dann abwartend zu Eva. Die strich Gitta Schneider tröstend über den Arm und wandte sich ab. Striesow schlug das weiße Laken so weit zurück, dass der Kopf des Toten zu sehen war.

Eine Zeit lang stand Gitta Schneider ganz still, nur ihre Lippen zitterten leicht. Dann entrang sich ein hohles Stöhnen ihrer Kehle, unkontrolliert, so als stamme es nicht von ihr. Entsetzt sah sie den Rechtsmediziner an, wandte sich dann wieder dem Toten zu. Ihre Hände bebten, als sie ihn berühren wollte – es war, als versagten sie ihr den Dienst. Wieder stöhnte Gitta Schneider auf und trat einen Schritt zurück.

Striesow wollte den Kopf des Toten wieder mit dem Laken bedecken, doch sie hielt ihn hastig davon ab und beugte sich nieder. Ihr war anzusehen, dass sie sich vor der Leiche ekelte. Dennoch zwang sie sich, den Kopf des Toten zu küssen.

»Frau Schneider, bitte«, sagte Striesow leise. Es hörte sich an, als wolle er sagen: »Sie müssen sich das nicht antun.«

Doch Gitta Schneider tat es trotzdem. Sie überwand sich, unterdrückte ihren Widerwillen und presste ihre Lippen auf den Schädel des Toten. Dann zuckte sie zurück. Mühsam kämpfte sie gegen ihre Übelkeit an, hob entschuldigend die Hände und wischte sich über die Lippen.

Warum macht sie das, überlegte Eva, warum küsst sie den Leichnam ihres Mannes, auch wenn es ihr sichtlich widerstrebt? Kann sie nicht anders? Oder glaubt sie, dass man so etwas tun muss? – Warum?

»Kommen Sie!« Sie nahm Gitta Schneider behutsam am Arm. »Ich bringe Sie nach Hause.«

***

Auf Evas Intuition war Verlass, das musste Keppler zähneknirschend zugeben. Siegbert Finster war tatsächlich in die Dienststelle gekommen. Aber er weigerte sich, Kepplers Fragen zu beantworten. Er sagte überhaupt keinen Ton.

Gut, dann eben nicht, dachte Keppler. Ich habe Zeit. Er lehnte sich auf seinem Stuhl zurück und schloss die Augen. Minutenlang, zehn, fünfzehn – eine halbe Stunde.

Fast wäre er eingenickt, doch nach einer Dreiviertelstunde brach Finster endlich sein Schweigen.

»Ja, ich war bei Schneider«, gab er zu, »am Sonntag, bevor er in den Irak wollte ...«

Keppler kam langsam hoch, notierte etwas in seinen Akten.

»Ich wollte mit ihm reden, aber er hat nicht aufgemacht«, erklärte Finster. »Dabei war er zu Hause.«

Keppler sah auf.

»Das war so ein Arschloch«, stieß Finster hervor. »Der wollte jeden nur fertigmachen.« Er sah Keppler an. »Fragen Sie mal in der Firma! Da haben ihn alle gehasst. Sogar Bensen«, fügte er hinzu, »obwohl der immer so loyal tat.«

»Warum hat Bensen seinen Chef denn gehasst?«

»Gucken Sie sich den doch mal an!« Finster beugte sich vor. »Sieht der aus, als ob ihm die Kronprinzenrolle gefallen würde? Der hat mitgemacht, weil ihm der Alte Zucker in den Arsch geblasen hat. So ist das!«

Aha, dachte Keppler, so ist das also. »Und warum hat man Sie entlassen?«

Siegbert Finster senkte den Kopf. »Ich habe es nicht mehr ausgehalten«, sagte er leise.

»Was haben Sie nicht mehr ausgehalten?«

»Ich hab mir den ...« Finster unterbrach sich und sah auf den Boden. Seine Füße zuckten unruhig. »Ich hab wirklich viel gearbeitet«, begann er erneut, »deshalb hat Schneider mich ja auch behalten, als er damals die Firma gekauft hat. Und dann ...«, er lachte bitter auf, »... dann hat er mich entlassen. Fristlos.«

»Einfach so?«, fragte Keppler ungläubig. Hatte Frau Hönig nicht etwas völlig anderes erzählt?

»Natürlich habe ich was getrunken«, gab Finster zu, »ich hatte ja auch allen Grund dazu …« Er tippte er mit dem Finger auf die Tischplatte und beteuerte: »Aber meine Arbeit habe ich immer noch geschafft, ja? Immer!«

Der Mann ist fertig, dachte Keppler. Der hat so viel durchgemacht, der ist psychisch völlig kaputt. Zieht sich zurück in sein Schneckenhaus, weil er das Leben und die Menschen nicht mehr ertragen mag.

»Und warum sind Sie am Sonntag zu ihm gegangen? Was wollten Sie von ihm?«

Finster atmete tief durch, und Keppler sah ihm an, dass ihn das noch immer belastete. »Zu Kreuze kriechen.« Er flüsterte fast.

»Und?«

»Er hat mich ausgelacht …« Finster senkte den Blick, schüttelte unmerklich den Kopf. »Ich weiß, was Sie jetzt denken. Aber ich habe ihn nicht umgebracht. Ich bin nicht mal dazu fähig«, fügte er leise hinzu. »Außer saufen kann ich nichts mehr.«

»Das glaube ich nicht«, sagte Keppler.

Finster sah irritiert auf.

Mann, der hat wirklich Ähnlichkeit mit Pjotr Zusek aus alten Landsberger Zeiten, dachte Keppler. Diese Augen voller Trotz, Stolz und Verletzlichkeit. – Unglaublich.

»Wissen Sie, Herr Finster, ich …« Keppler rieb sich die Stirn. »Sie … Sie erinnern mich … Ich hatte mal einen Freund, der …« … sich umgebracht hat, weil Jugendliche seinen Hund töteten. Einfach so. Ein Förster fand Zusek im Wald. Er hatte sich erhängt. Aus Kummer. Und Keppler hatte es nicht verhindern können …

Nein, dachte er, das hat hier nichts zu suchen, das geht

diesen Finster nichts an. Der ist immer noch ein Verdächtiger.

»Ist ja auch egal«, winkte Keppler ab, »Entschuldigung.« Er sammelte sich, blickte sein Gegenüber an. »Was haben Sie danach gemacht?«

»Ja, also, wollen Sie es genau wissen?«

»Ja«, nickte Keppler.

»Ich habe versucht«, Finster fing an zu lachen, »seine Mülltonne umzukippen. Und wissen Sie was?«, prustete er. »Ich hab auch da versagt.« Er winkte ab. »Und dann kam die Schneider, ich meine, die Nachbarin vom Schneider, mit einem Taxi an. Das hab ich dann genommen, und da bin ich dann eingestiegen. Das können Sie überprüfen …« Finster wurde wieder ernst und machte eine schuldbewusste Miene. »Und dann bin ich nach Hause, und da hab ich mich besoffen …«

Keppler lehnte sich nachdenklich zurück. »Sagen Sie mal, was ist das eigentlich mit den vielen Katzen?«

»Ja«, machte Finster gedehnt und hob verlegen die Fingerspitzen an, »weil sich sonst keiner für mich interessiert.« Er sah Keppler an. »Außer Tiere.«

Ja, dachte Keppler, und die halten dich am Leben. Die Tiere, die dich brauchen. Wie bei Zusek. Was hat er immer gesagt?

»Tiere sind nicht der schlechteste Trost, wenn man von den Menschen enttäuscht wurde.«

***

Eva hatte Gitta Schneider nach Hause gefahren und war dort geblieben; es widerstrebte ihr, die völlig verstörte Witwe allein in ihrer großen Villa zu lassen. Allein mit ihren Erinnerungen.

»Die sind alle echt«, sagte Gitta Schneider. Sie hatte

Eva ins Schlafzimmer im Obergeschoss geführt und einen der riesigen Kleiderschränke geöffnet. Ein ganzer Schrank nur für Pelze.

»Silberfuchs, Wendenerz ...« Stolz holte sie einen nach dem anderen hervor und präsentierte sie wie auf einer Modenschau. »Rot gefärbter Blaufuchs. Der allein hat fünftausend Euro gekostet ...« Sie strich über die weichen Felle. »Die hat mir alle der Peter geschenkt. Er hat überhaupt immer alle beschenkt ...«

Ihr Lächeln wurde versonnen.

»Susanne hat er ziemlich unter die Arme gegriffen bei deren Hausbau«, zählte sie auf. »Yvonne bekam ein Auto und Micha seinen Laden ... Er hat immer alle Kinder unterstützt«, betonte sie und setzte hinzu, »finanziell ...«

War das jetzt eine Einschränkung?, überlegte Eva: Will sie damit andeuten, dass Peter Schneider ansonsten versagt hat? Als Gatte und Vater? Menschlich? Emotional?

Gitta Schneider lachte auf, und es klang traurig. Sie sah Eva an und strich über den Rotfuchs: »Er war auch wohltätig.« Sie zog ein Taschentuch aus der Rocktasche und schnäuzte sich. »Er hat immer viel Geld gespendet. Man hat uns sogar mal zu einer Fernsehsendung eingeladen«, sie lächelte unter Tränen, »da hat er mir extra ein Kleid gekauft.« Sie sah Eva fragend an. »Wollen Sie es sehen?«

Ohne eine Antwort abzuwarten, holte sie es hervor. Es war in einen dünnen Plastiksack gehüllt, als wäre es nie getragen worden.

Ein schönes Kleid, fand Eva, irgendwie asiatisch, fast wie ein Kimono.

»Das ist handbemalt«, erklärte Gitta Schneider und hängte das Kleid zurück in den Schrank. »Ist schon was Besonderes.« Fast bittend sah sie Eva an. »Oder?«

DREIZEHN

Ein voller Bauch studiert nicht gern, heißt es. Trotzdem hatte Keppler Hunger. Obwohl er denken musste und deshalb noch nicht essen durfte. Um sein Hirn zu motivieren, hatte er sich mit all seinen Unterlagen in die Kantine gesetzt. Vielleicht verhalf der Anblick von Essen und Trinken und die damit verbundene Aussicht auf rasche Befriedigung elementarster Bedürfnisse seinem Denkapparat zur nötigen Inspiration.

Offenbar nicht, denn inzwischen war die Mittagszeit fast vorbei, das Speisenangebot auf dem Tresen reduzierte sich auf ein paar magere Wiener Würstchen, und noch immer kam Keppler nicht die entscheidende Idee. Jede sich bietende Kombination scheiterte an der Faktenlage. Es gab einfach zu viele Verdächtige. Alle hatten gute Motive, aber noch bessere Alibis. Es war ein einziges Wirrwarr unausgereifter Mutmaßungen und Verdachtsmomente, und er schaffte es nicht, Ordnung hineinzubringen.

War es die Witwe? Ein Gattenmord? Oder hatte Schneiders Tod mit dessen Irakgeschäften zu tun? Und was wusste Bensen davon? Wo setzt man am besten an?

Kurz: Keppler kam nicht weiter, sein Magen knurrte immer lauter – und eben marschierte Eva herein, um ihm die letzten Würstchen vor der Nase wegzuschnappen!

»Hallo«, begrüßte sie die Tresenkraft, »noch was vom Mittag übrig?«

»Nur Wiener«, antwortete die Frau, und schon waren sie weg. »So, bitte schön. Guten Appetit.«

»Schreiben Sie es auf, ja?« Eva sah sich nach einem Platz um. Sie hatte freie Auswahl, denn es waren kaum noch

Tische besetzt. Aber natürlich kam sie zu Keppler. Eva hasste es, allein zu essen. »Ist hier noch frei?«

Überflüssige Frage. Keppler sah hungrig auf. »Ich dachte, du magst keine Würstchen?«

Eva setzte sich und schob ihm den Teller mit den Wienern hin. Aber sollte man ein nicht richtig funktionierendes Hirn belohnen? Nein. Keppler ignorierte die Würste und wandte sich wieder seinen Unterlagen zu.

»Und? Wie war's?«

»Frag lieber nicht«, sagte Eva gedankenverloren. »Mein Gott, die Schneider, die leidet ... Die tut mir so leid.« Sie sah ihn an. »Und bei dir?«

»Du hast recht«, knurrte Keppler. »Finster ist 'ne arme Sau.« Er erzählte ihr von der Befragung.

»Ist er noch da?«

»Ich hab ihn nach Hause geschickt. Einer muss sich ja um die Katzen kümmern.«

»Aber rein theoretisch kann er Peter Schneider am Montagmorgen abgepasst haben«, überlegte Eva, »er hat kein Alibi.«

»Rein theoretisch ...« Keppler schüttelte den Kopf. Was sollte das denn jetzt? Erst menschelte Eva herum, wollte Finster am liebsten ganz in Ruhe lassen, weil er so ein bemitleidenswerter Kerl war – und plötzlich war er doch wieder als Verdächtiger gut?

»Er sagt, er sei zu Hause gewesen«, erklärte er unwillig, »es hätte dann am Montagmorgen bei ihm Sturm geklingelt, aber er habe nicht aufgemacht.«

»Und das glaubst du ihm?«

»Ja, das glaube ich ihm.« Keppler war genervt. »Christian Bensen, sagt er, hat Peter Schneider gehasst. Was soll ich davon halten?« Er nahm einen Schluck von Evas Kaffee. Vielleicht spornte der seinen Geist an.

»Da haben wir doch ein Motiv«, sagte Eva.

»Ja.« Keppler setzte die Kaffeetasse wieder ab. »Aber warum sollte Bensen seinen Chef umbringen, der ihn so sehr mochte? Sogar sein Michael Schneider hat bestätigt, dass Bensen für seinen Vater wie ein Sohn war.«

»Und den eigenen Sohn hat er verstoßen«, nickte Eva, »das ist auch ein Motiv.«

»Michael Schneider hat ein Alibi. Menzel hat das überprüft.« Keppler sah Eva an und setzte nachdrücklich hinzu: »Also bleibt Bensen.«

***

Christian Bensen stand nachdenklich im Büro seines verstorbenen Chefs. Da war er nun. Ganz oben angekommen. An der Spitze der GASTEC AG. Aber war er auch am Ziel?

»Du machst das echt gut.«

Bensen fuhr herum. Rike war lautlos in den Raum gekommen.

»Der Alte wäre stolz auf dich.« Ihre Stimme war ohne Spott. Rike kam heran, strich ihm liebevoll über die Wangen. »So souverän, wie er dich immer wollte.« Sie nahm sein Gesicht in die Hände und setzte eindringlich hinzu: »Er war ein Schwein!«

Entschieden machte sich Bensen los. »Das war er nicht«, widersprach er.

»Er hat dich nur ausgenutzt«, sagte Rike und packte ihn am Kragen, »und das weißt du ganz genau.«

»Und wenn schon.« Bensen hielt ihrem Blick stand. »Ich habe viel bei ihm gelernt.«

»Was denn?« Rike schüttelte ihn, als wolle sie ihn aufwecken. »Dass Menschen käuflich sind?«, rief sie. »Und dass man mit Geld alles erreichen kann?«

»Na und«, erwiderte Bensen kalt, »ist doch so.«

»Nein, so ist das nicht!« Rike Cordes klang verzweifelt. »Ich habe es bewusst getan!«

Bensen packte ihre Arme und schob sie von sich. Dann ging er aus dem Raum.

Verzweifelt blieb Rike Cordes zurück. »Wie naiv bist du eigentlich, Christian?«, rief sie ihm nach. »Wach endlich auf!«

In der Fertigungshalle der GASTEC AG war es laut, Maschinen lärmten, die Produktion wurde auf Hochtouren gefahren. Ein Problem war die Sommerhitze. Die Lüfter liefen heiß. Christian Bensen ließ sie provisorisch mit Eispacks kühlen und programmierte Teile der Anlage so um, dass besonders wärmeintensive Prozesse erst dann gestartet wurden, wenn die Sonne untergegangen war.

»So, jetzt müsste es wieder funktionieren«, sagte er zu einem Anlagenfahrer, doch ihm war klar, dass es so nicht mehr lange gut gehen würde. Sie arbeiteten schon jetzt am Rande ihrer Kapazitäten. Wenn die Hitze nicht bald nachließ …

»Herr Bensen?« Hinter ihm stand die Kommissarin.

»Warum haben Sie sich keinen Ohrenschutz geben lassen?«, sagte er gereizter, als er es beabsichtigt hatte, und ging zu seinem Pult, um die Ausfallzeiten einzutragen. Er hatte jetzt Wichtigeres zu tun, als noch einmal Fragen zu beantworten.

Verdammter Sommer! Wie oft hatte er mit Peter Schneider über eine neue, den Anforderungen entsprechend klimatisierte Fertigungshalle diskutiert. Mit Lüftern, die was aushielten. Jetzt hatten sie den Salat. Die Arbeiter schwitzten wie in der Sauna, die teuren Maschinen verschlissen schneller als geplant, und Rike hatte nichts Besseres zu tun, als ihm ins Gewissen zu reden. Nicht mit ihm. Aus und vorbei.

»Warum ist denn Peter Schneider in den Irak geflogen und nicht Sie?«, rief Eva Saalfeld durch den Lärm.

»Er war der Boss!«, schrie Bensen zurück.

»Aber sein Englisch soll doch so miserabel gewesen sein.«

»Darauf kommt es ja wohl nicht an«, erwiderte Bensen.

»Und worauf kommt es an?« Die Kommissarin blieb hartnäckig.

»Er hatte Charisma«, sagte Bensen mit Nachdruck und bedeutete ihr, ihm zu folgen.

»Worum ging es denn bei Ihrem letzten Streit mit Peter Schneider?«

Bensen sah sie verblüfft an. »Woher wissen Sie denn davon?«

»Das ist doch nicht wichtig.«

»Für mich schon«, erwiderte er, »wir sind hier wie eine kleine Familie. Und wir müssen zusammenhalten. Wenn da einer querschlägt, dann …« Bensen winkte ab.

»Was dann?«

Er sah sie genervt an: Was sollte die Fragerei?

»Herr Bensen«, Eva Saalfeld ließ nicht locker, »worum ging es?«

»Es ging um notwendige Investitionen«, lenkte Bensen ein und hob die Hände. »Mit Peter war da einfach nicht zu reden. Er hat da total auf stur geschaltet. Dabei stoßen wir mit unseren Kapazitäten jetzt schon an die Grenzen des Machbaren.« Er führte Eva aus der Halle und stieg die Treppen zum Verwaltungstrakt hoch. »Wir brauchen eine neue Halle, wenn wir den Auftrag für die Referenzanlage kriegen wollen. Aber Peter war nicht gewillt, zu investieren. Dabei hatten wir das Geld.« Er wies Eva den Weg zu den Büros der Geschäftsführung. »Ich habe ihm alles vorgerechnet und sogar schon eine geeignete Halle gefunden. – Aber er, er wollte nicht.«

Eva blieb stehen. »Und was haben Sie da gemacht?«

»Was sollte ich schon machen?« Bensen sah sich zu ihr um. »Nichts! Er war der Chef!«

»Tja, und der ist jetzt leider tot.« Eva Saalfeld sah ihn scharf an. »Haben Sie die Halle dann trotzdem gemietet?«

»Was soll das?« Bensen blieb stehen. »Haben Sie nie Auseinandersetzungen mit Ihren Kollegen? Ich mochte Peter«, stellte er klar, »und sein Tod tut mir außerordentlich leid.«

»Das«, die Kommissarin ließ ihn nicht aus den Augen, »beantwortet nicht meine Frage.«

»Ja, ich habe die Halle gemietet.« Bensen wandte sich ab und stiefelte auf sein Büro zu. »Das ist ein sehr wichtiger Auftrag und …« Er riss die Tür auf und stockte. »Was ist denn hier los?«

Sein Büro war voller Polizisten. Sie räumten die Aktenschränke aus, verstauten wichtige Unterlagen in Kartons. Und am Schreibtisch des verstorbenen Chefs nebenan saß Eva Saalfelds Kollege, dieser Keppler.

Bensen starrte ihn an und ging auf ihn zu. »Was machen Sie denn hier?«

»Arbeiten.« Der Kommissar wiegte sich im Chefsessel, als wäre er hier zu Hause.

»Herr Keppler hat gesagt, das wäre mit Ihnen abgesprochen«, meldete Frau Hönig.

»Was?« Bensen sah sie entgeistert an.

Keppler hielt ihm wortlos einen Zettel hin. Einen richterlichen Durchsuchungsbeschluss.

Was ging hier vor? Bensen war völlig vor den Kopf gestoßen. Hatte Rike gequatscht? Oder die Hönig?

Hilflos musste er mit ansehen, wie Geschäftspapiere, Bilanzen, Rechnungen und Verträge von der Polizei abtransportiert wurden. Das gesamte Gedächtnis der Firma wurde beschlagnahmt. Warum? Aus welchem Grund?

Fassungslos starrte er den Kommissaren nach, als die das Firmengelände durch die Fertigungshalle verließen.

»Er beobachtet uns«, stellte Eva fest.

Keppler nickte. »Das würde ich an seiner Stelle auch tun.«

VIERZEHN

Als Eva und Keppler vor der Kuhnert'schen Doppelhaushälfte stoppten, sahen sie, wie ein etwa achtjähriges Mädchen einen kleinen Terrier wütend mit Stöckchen bewarf.

»Blöder Hund«, rief es und schmiss noch einen Stein hinterher, »ich hasse meinen Hund!« Der Terrier jaulte auf und trollte sich. Das Mädchen verschwand hinter dem Haus.

Keppler stieg aus und lief, die Hände lässig in den Hosentaschen, auf die Haustür zu. Heute hatten sie mehr Glück; eine Frau, schlank, mit kastanienbraunen Locken und vielleicht Anfang dreißig, kam heraus. Offenbar war das Susanne Kuhnert, die zweite Tochter des Mordopfers. Nach Aktenlage war sie das jüngste der Geschwister, und bislang war es noch nicht gelungen, mit ihr persönlich zu sprechen. Das sollte jetzt nachgeholt werden, aber Susanne Kuhnert schien mit anderen Dingen beschäftigt. Sie sah sich suchend um, pfiff und rief mehrmals: »Willi!«

Dann erst bemerkte sie die Kommissare.

»Tag, Keppler, Kriminalpolizei.« Keppler deutete auf Eva. »Das ist meine Kollegin Eva Saalfeld.«

»Guten Tag«, sagte Eva lächelnd.

»Wir hatten miteinander telefoniert«, erklärte Keppler ruhig, »wir würden Ihnen gern ein paar Fragen stellen.«

»Das ist gerade ganz schlecht.« Susanne Kuhnert schüttelte energisch den Kopf. »Können Sie vielleicht ein anderes Mal kommen?« Sie sah sich hektisch um. »Haben Sie hier einen Hund gesehen?«

»Ich glaube, den hat Ihre Tochter gerade vertrieben«, sagte Eva.

»Das kann nicht sein«, widersprach Susanne Kuhnert

entschieden und pfiff erneut nach Willi, »Lina liebt ihren Hund.«

»Das sah eben ein bisschen anders aus.«

»Was wollen Sie denn damit sagen?« Susanne Kuhnert sah Eva fragend an.

»Ich weiß nicht«, antwortete die, »wenn so ein Kind seine Aggression an einem Hund auslässt – steckt da nicht meistens etwas anderes dahinter?«

»Haben Sie«, Susanne kam heran, »schon mal etwas von kindlicher Neugier gehört?« Sie rief nach Lina, doch statt der Tochter tauchte ihr Ehemann in der Haustür auf: Rüdiger Kuhnert, wie Keppler aus den Akten wusste, ein kräftiger, leicht untersetzter Mann, der etwas angespannt wirkte.

»Suse?« Verwundert sah er erst seine Frau, dann Eva und Keppler an. »Guten Tag.«

»Die sind von der Polizei«, erklärte Susanne, »wegen Papa.«

»Ah«, machte Kuhnert, »und warum bittest du sie dann nicht rein?« Entschuldigend lächelte er die Kommissare an. »Bitte!«

»Danke«, nickte Eva und folgte der Einladung ins Haus. Keppler folgte ihr.

Irgendwas stimmte hier nicht. Erst das Kind, das seinen Hund quälte, dann die hektisch wirkende Mutter und deren nervöser Mann. Wie ein Kontrolleur stand er neben Susanne Kuhnert im Wohnzimmer und lauschte konzentriert ihren Worten, als sie die Beziehung zu ihrem Vater schilderte.

»Papa konnte am besten Witze erzählen und sogar mit den Ohren wackeln. Ich habe immer versucht es ihm nachzumachen, aber bei mir hat es nie geklappt.« Sie lächelte die Kommissare vorsichtig an. »Du sollst über deine Beziehung zu ihm berichten und nicht darüber, ob er gut Witze erzählen konnte«, mahnte Kuhnert seine Frau.

»Oh Entschuldigung.« Wieder lächelte sie verlegen in die Runde, dann sagte sie entschlossen: »Ich habe meinen Vater geliebt.«

Keppler fiel auf, dass auch in dieser Wohnung persönliche Gegenstände fehlten. Zumindest im Wohnzimmer herrschte die gleiche sterile Anonymität, die ihm auch schon in der Schneider-Villa aufgefallen war. Lag es an Susanne? Immerhin war sie die Tochter. Lag es an ihrem Mann? Oder lag es an ihrem Vater?

»Wann haben Sie ihn denn zuletzt gesehen?«, wollte Keppler wissen.

Die beiden sahen sich nachdenklich an.

»Och«, machte Kuhnert, »wir haben nicht so den Kontakt … Jeder macht seins.« Er sah seine Frau mit gekünsteltem Lächeln an. »Stimmt's, Schatz?«

»Vor zwei Jahren«, antwortete Susanne auf Kepplers Frage, »als meine Mutter fünfundfünfzig wurde.« Sie blickte fragend zu ihrem Mann auf. »Da haben wir uns gesehen, oder?«

»Ja«, Kuhnert nickte unsicher, »kann sein. Das weiß ich nicht mehr so genau.«

Warum flackern seine Augen, fragte sich Keppler, warum ist er so nervös? Unseretwegen? Und wie er seine Frau beobachtet: Als befürchte er, sie könne etwas Falsches sagen. Haben die hier etwas zu verbergen, oder ist er nur ein Kontrollfreak?

»Papa hatte einen Tisch reserviert beim Edelitaliener«, erzählte Susanne Kuhnert, »alles vom Feinsten.«

Keppler wandte sich ab und trat auf die Terrasse hinaus. Mal sehen, ob er mir folgt, dachte er. Mal sehen, was ihn mehr nervös macht: das Gequatsche seiner Frau oder meine Anwesenheit.

»Aber meine Mutter ist vorher gegangen.« Susanne war anzumerken, wie sehr sie das noch immer ärgerte. »Von ihrer eigenen Geburtstagsfeier, das muss man sich mal vorstellen! Sie …«

»Ach, Schatz!« Kuhnert folgte Keppler tatsächlich. »Willst du unseren Gästen nicht einen Kaffee anbieten?«

»Ja, natürlich«, beeilte sich Susanne, »Entschuldigung!«

»Wegen uns keine Umstände«, lächelte Eva und sah den Männern nach.

Keppler stand im Garten und betrachtete prüfend das Haus. Eine schmucklose Doppelhaushälfte, kostengünstig errichtet und auf Zweckmäßigkeit ausgelegt. Sicher schön für die junge Familie. Andererseits wurde mit solchen Hütten die Landschaft auf Dauer verschandelt. Im Westen dauerte die systematische Zersiedelung schon über vierzig Jahre, und seit der Wende entstanden auch im Osten überall die gleichen Reihenhaussiedlungen, mit Steuersparmodellen finanziert, eine wie die andere in der Uniformiertheit bescheidenen Wohlstandes – von ein paar Zeitgeistattitüden einmal abgesehen: Statt Resopal wie in den Sechzigern gab es heute Edelholzfurnier für die Küche, statt Flokati und Eichendielen wurde inzwischen Industrieparkett ausgelegt, und die Bäder waren nicht mehr quietschgelb oder dunkelgrün gefliest, sondern gaben sich hell und mediterran, wie in einer mallorquinischen Finca.

Keppler fiel auf, dass Kuhnert ihn beobachtete, und erwiderte den Blick. Na, dachte er, ist da ein Polizist in deinem Garten? Und was hast du vor ihm zu verbergen?

»Haben Sie eine Ahnung«, begann Kuhnert, »wer Peter …?«

»Nee.« Keppler schüttelte den Kopf, und in der Luft stand die Frage: »Sie?«

Kuhnerts Mundwinkel zuckten, aber er schwieg.

»Was hatten Sie denn für ein Verhältnis zu Ihrem Schwiegervater?«, fragte Keppler.

»Ja, ganz okay«, antwortete Kuhnert. »Ich meine, ich hätte ihn gern öfter gesehen, aber meine Frau, die versteht sich mit ihrer Mutter nicht so gut …« Er lächelte verkrampft. »Das haben Sie ja bemerkt.«

»Jaja«, sagte Keppler unbestimmt und untersuchte die merkwürdigen Blüten einer Pflanze, die als einziges Ziergewächs mitten auf dem Rasen wuchs. Vermutlich ein Geschenk. So was wurde man nicht mehr los. So lange jedenfalls nicht, wie man damit rechnen musste, dass die edlen Spender auftauchen, um sich nach dem Gedeihen ihrer seltsamen Pflanze zu erkundigen. Die Blüten waren ungewöhnlich fest und schlossen sich zum Abend. Vielleicht eine fleischfressende Pflanze? Jedenfalls nichts, was Keppler kannte. Aber er hatte es ohnehin nicht so mit Blumen.

»Tja«, sagte Kuhnert und zuckte mit den Schultern, »da kann man nichts machen. Jedenfalls hat mich mein Schwiegervater immer voll akzeptiert«, setzte er mit Nachdruck hinzu. »Der wollte für seine Tochter immer nur das Beste. Das heißt, sie sollte mal reich heiraten.«

»Und?«, fragte Keppler. »Hat sie?«

»Reich geheiratet?« Kuhnert schüttelte den Kopf. »Nein. Aber wir haben alles, was wir brauchen«, versicherte er, »ein schönes Auto, ein großes Haus.« Er lachte auf. »Was will man mehr?«

Alles, was man nicht kriegen kann, dachte Keppler, denn so zufrieden siehst du nicht aus, Kuhnert. Eher wie ein Typ, der sich nur mühsam zurücknehmen kann.

Die Frage war: Wie verhielt er sich, wenn er sich nicht zurücknahm? Konnte er dann Täter sein? Vielleicht weil das Verhältnis zu seinem Schwiegervater doch nicht so gut war?

»Wir haben mit dem Mord an meinem Vater nichts zu tun«, stellte Susanne Kuhnert fest. Sie stand in der Küche, setzte Kaffeewasser auf und vermied es, Eva direkt anzuschauen.

»Mhm«, machte die und sah nachdenklich durchs Küchenfenster hinaus in den Garten, wo Keppler den Ehemann befragte. Sie spürte deutlich, dass hier etwas im Argen war. Die seltsame Verkrampftheit zwischen den Eheleuten war nicht allein mit der Anwesenheit der Polizei zu erklären. Da war mehr, und es ging so weit, dass es schon das Kind belastete. Welches Mädchen bewirft seinen Hund? Das war doch nicht normal. Und Susanne Kuhnert wirkte wie ein scheues Reh, wie auf der Flucht.

»Wovor haben Sie Angst, Frau Kuhnert?«

Die verharrte erschrocken in der Bewegung. »Ich weiß nicht, wovon Sie reden!«

»Nein?« Und warum zuckte sie dann so zusammen? Man brauchte kein Psychologe zu sein, um zu sehen, dass diese betont heimelige Fassade ach so harmonischen Familienglücks einen Abgrund überdeckte. Aber welchen? Eva folgte ihrem Gefühl, als sie fragte: »Schlägt Ihr Mann Sie?«

Susanne Kuhnert fuhr verwirrt herum. »Ach«, sagte sie rasch und versuchte ein Lächeln. »Ich habe mich hier neulich in der Küche dumm gestoßen. Es sieht wirklich schlimmer aus, als es ist.«

Damit war die Sache klar. Denn Eva hatte an der Frau nichts bemerkt, keine Hämatome, keine Verletzungen. Da war nichts, was schlimm aussah, jedenfalls nicht auf den ersten Blick. Es gab nur einen Grund, weshalb sie trotzdem auf Evas Bemerkung einging: Weil sie stimmte. Eva wurde kalt. Und plötzlich glaubte sie, am Hals von Susanne Kuhnert sorgsam zugeschminkte Würgemale zu erkennen. Und das Auge? War es nicht etwas geschwollen? Wieder sah Eva hinaus, die Männer unterhielten sich noch.

»Frau Kuhnert«, sagte sie eindringlich, »ich kann Ihnen helfen.«

»Es ist alles in Ordnung.«

»Ich sehe doch, dass Sie Angst haben«, widersprach Eva. »Wir haben die Möglichkeit, Sie vor Ihrem Mann zu schützen.«

»Wenn Sie mich wirklich schützen wollen«, auch Susanne Kuhnert klang jetzt sehr eindringlich, »dann gehen Sie jetzt bitte.«

»Denken Sie an Ihre Tochter«, mahnte Eva, »Lina leidet ...«

»Gut, dass Sie mich daran erinnern«, Susanne Kuhnert nickte und lächelte schwach, »nach Lina wollte ich gucken.« Sie wandte sich zum Gehen, doch Eva hielt sie zurück.

»Frau Kuhnert«, sie hielt ihr eine Visitenkarte hin, »ich bin jederzeit für Sie erreichbar.«

Susanne Kuhnert nahm die Visitenkarte und steckte sie rasch ein. »Bitte gehen Sie jetzt!«

Eva nickte, strich der Frau sanft über den Arm und verließ das Haus.

»Wie ich das hasse«, schimpfte sie, als sie wieder im Wagen saß und viel zu schnell Richtung Innenstadt raste. »Wie kannst du nur so ruhig sein?«

Keppler schloss genervt die Augen: Eva und ihre Phantasien! Wie kam sie nur darauf, dass Susanne Kuhnert von ihrem Alten verprügelt wurde? Dafür gab es doch keinerlei Hinweise. Allein aus dem Umstand, dass das Kind den Hund verjagte und die Eheleute seltsam steif wirkten, konnte man doch keinen derart ungeheuren Verdacht zimmern. Sicher gab es häusliche Gewalt, oft genug spielten sich die schlimmsten Dramen hinter verschlossenen Türen schmucker Eigenheime ab. Aber bei den Kuhnerts ...?

Selbst wenn an Evas Verdacht etwas dran wäre, was hätte das mit dem Fall zu tun? Warum musste sie sich immer als Retterin aufspielen?

Wir sind Polizisten, keine Engel, dachte Keppler, unser Job ist es, tätig zu werden, wenn das Kind bereits in den Brunnen gefallen ist. Für die Prävention sind andere zuständig. Er seufzte. Aber so war Eva: In Wiesbaden hatte sie mal die neuen Nachbarn als Kinderschänder verdächtigt, weil es nachts immer so komisch jaulte. Ein Kreischen, dass einem das Blut in den Adern gefror. Dann hatte sich herausgestellt, dass die Nachbarn kinderlos waren, dafür aber zwei Katzen hatten, die ihrerseits lautstark in den Nächten für Nachwuchs sorgten.

Und sollte Susanne Kuhnert tatsächlich von ihrem Mann geschlagen werden, müsste sie selbst Anzeige erstatten. Wegen Körperverletzung. Abteilung drei. »Wenn sie das nicht will, können wir nichts machen.«

»Mein Gott«, regte sich Eva auf, »du hast doch gesehen, dass Sie Angst hatte.«

Angst, Angst ... Keppler hatte auch Angst. Vor allem wenn Eva so halsbrecherisch in den Kurven überholte wie jetzt. Da brauchte einem nur einer entgegenzukommen, und schon wäre es aus. Er hielt den Atem an und krallte sich in seinen Sitz. Musste er jetzt sterben, weil Susanne Kuhnert möglicherweise von ihrem Mann misshandelt wurde?

»Theoretisch«, sagte er ruhig und betonte es noch mal, »ich meine, rein theoretisch, könnte sie sich wirklich gestoßen haben.« Und dann wäre sein Tod völlig sinnlos.

»Rein theoretisch?« Mit sirrenden Reifen bog Eva in eine Seitenstraße ein und fuhr dicht auf den Wagen vor ihnen auf. »Das glaubst du doch nicht wirklich!«

»Der bremst!«, rief Keppler erschrocken.

»Das sehe ich!« Eva bremste ebenfalls, dass es quietschte und Keppler in den Gurt gedrückt wurde. Aber es krachte nicht. Noch nicht!

Keppler versuchte, sich auf seine Atmung zu konzentrieren.

»Und wenn wir die Nachbarn fragen«, überlegte Eva, »und die uns bestätigen, dass dort immer Theater ist?«

»Dann haben wir ohne ihre Aussage immer noch keine Handhabe«, entgegnete Keppler, »daran können wir nichts ändern.« Außerdem hatten sie einen Mordfall aufzuklären, und das war wichtiger, als Ermittlungen wegen der ängstlich dreinblickenden Rehaugen dieser Susanne Kuhnert anzustellen.

Eva schien zu ahnen, was er dachte, denn sie sah ihn vorwurfsvoll an. Bei Tempo siebzig durch die Innenstadt.

Herrgott, würde sie bitte mal nach vorn auf die Straße schauen? Keppler klammerte sich am Haltegriff fest, dass die Fingerknöchel weiß hervortraten. Zudem fuhr sie Richtung Plagwitz zur Dienststelle, dabei wollte sie doch eigentlich raus nach Naunhof, ihren Neffen beaufsichtigen.

»Wolltest du nicht zu deiner Mutter?«

»Oh nein, das hab ich ganz vergessen«, stöhnte Eva auf. »Die bringt mich um.« Sie fuhr mit kreischenden Reifen in eine schmale Seitenstraße hinein und beschleunigte auf neunzig.

»Hauptsache, du bringst *mich* nicht um«, mahnte Keppler gereizt, doch schon brachte Eva den Wagen mit einer Vollbremsung zum Stehen.

»Meinst du nicht, es ist besser, du gehst zu Fuß?«

»Doch.« Keppler schnallte sich entschieden ab. »Ich meine, es ist besser, ich gehe zu Fuß.« Er stieg aus dem Wagen und ging grußlos davon.

Idiot, mochte Eva denken und gab wieder Gas.

FÜNFZEHN

Zu DDR-Zeiten erstreckte sich südlich von Leipzig eines der größten Braunkohlereviere Europas. Eine riesige Mondlandschaft, von gigantischen Eimerkettenbaggern durchpflügt, der ganze Ortschaften zum Opfer fielen. Nach der Wende wurde der unrentabel gewordene Bergbau aufgegeben, die alten Tagebaugruben wurden im Zuge der Renaturierung der Landschaft und des als ökologisch nachhaltig beworbenen Bergbaufolgenutzungskonzepts »Leipziger Neuseenland« geflutet. Eines der beliebtesten Gewässer dieses Neuseenlandes ist der vier Quadratkilometer große Cospudener See westlich von Markkleeberg, der seinen Namen einer kleinen Ortschaft verdankt, die in den siebziger Jahren der Braunkohle weichen musste. Heute gibt es hier Sachsens längsten Sandstrand, eine künstliche Dünenlandschaft und den am Ostufer gelegenen Hafen, in dem schon mehr als zweihundert Segelboote vor Anker liegen und wo, so hatte es Keppler durch einen Anruf erfahren, auch Rike Cordes am liebsten ihre Freizeit verbrachte, die flotte Sekretärin von Christian Bensen – und, da war sich Keppler sicher, dessen Geliebte.

Nach gut anderthalb Stunden zu Fuß, von denen die meisten Minuten auf der schnurgeraden, hoffnungslos langen Koburger Straße mit ihrer lockeren Wohn- und Gewerbebebauung zurückzulegen waren, erreichte Keppler Markkleeberg und bog an einem überdimensionierten Autohaus in die Hafenstraße ein. Der einst abgelegene Zöbigker Winkel hatte sich in den vergangenen Jahren aufgrund der neuen Wassernähe zu einem privilegierten Wohn- und Freizeitviertel gemausert. Es gab Galerien und Kunsträume, edle Restaurants, Bars und Cafés sowie eine einzigartige »Sauna im See«.

Und es gab den Pier 1 am Hafen. Hier machte Rike Cordes ihre kleine, unter Piratenflagge fahrende Jolle nicht mit einem Palstek, sondern – und das fand Keppler bemerkenswert – mit dem eher bei Luftrettern und Bergsteigern üblichen Achterknoten fest. Also jenem Knoten, mit dem auch Peter Schneiders Hände zusammengebunden worden waren, bevor man seine Leiche in den Karl-Heine-Kanal geworfen hatte.

Wortlos bat Keppler die junge GASTEC-Sekretärin an einen Tisch auf den »Seeterrassen« und setzte sich.

Rike Cordes sah ihn unruhig an. »Woher wissen Sie, dass ich hier bin?«

»Das ist mein Beruf«, sagte Keppler und bestellte sich einen Milchkaffee.

»Das ist keine Antwort«, entgegnete Rike Cordes.

»Ich habe mit Ihrer Mitbewohnerin gesprochen.« Keppler schaute hinaus auf den See. Versunkene Wälder sollte es hier geben, hatte er gehört. Ideal für Taucher. Gute Wasserqualität. Er sah Surfer und die PS-starken Zugboote der Wakeboarder. Ein Ausflugsdampfer mit einer schmetternden Dixielandkapelle auf dem Oberdeck tuckerte vorüber. Auf den Dünen ließen Kinder Drachen steigen. Die Mondlandschaft des alten Tagebaus war zum Freizeitparadies geworden.

»Wirklich hübsch hier!« Er lächelte sie an, doch Rike Cordes blieb skeptisch.

»Was wollen Sie von mir? Doch bestimmt nicht über die Sehenswürdigkeiten von Leipzig plaudern.«

Nee, dachte Keppler, ist vielleicht kleinlich gedacht, aber immerhin sind wir hier schon in Markkleeberg. Mir tun jetzt noch die Füße weh.

»Also?« Rike Cordes kniff fragend die Augen zusammen.

»Wird Herr Bensen die Firma übernehmen?«, erkundigte sich Keppler.

»Frau Schneider hat's ihm angeboten«, antwortete Rike Cordes. »Das wäre ja auch die beste Lösung für alle. Im Grunde hat er den Laden eh schon immer geschmissen.«

»Sie meinen, Herr Schneider war auf Christian Bensen angewiesen?«

»Klar. Der Schneider hatte von Zahlen doch überhaupt keine Ahnung.« Rike Cordes runzelte die hübsche Stirn. »Der hätte am liebsten gewirtschaftet wie zu Ostzeiten, nach einem Fünfjahresplan.«

»Aber warum hat er ihn dann rausgeschmissen?« Keppler nippte am Milchkaffee. »Das macht doch keinen Sinn.«

»Woher wissen Sie das?« Rike Cordes saß ganz steif.

»Ich habe Ihnen doch schon gesagt, das ist mein Beruf.« Keppler stellte die Tasse ab. »Also?« Warum hatte Schneider seinem wichtigsten Mann gekündigt?

»Der musste seine Macht ausspielen, und dann war wieder gut.« Rike Cordes zuckte mit den Schultern. »Der Alte hing doch an Christian. Der war wie sein Sohn. Der hätte ihm niemals ernsthaft gekündigt.«

»Aber er *hat* ihm ernsthaft gekündigt«, insistierte Keppler. Das war doch kein Scherz gewesen. Wenn Schneider noch leben würde, wäre Bensen draußen. Egal ob Ziehsohn oder nicht. Irgendwas musste zwischen den beiden vorgefallen sein, und zwar mehr als nur ein Streit um die Anmietung einer Halle, dessen war sich Keppler sicher. »Was war der Anlass?«, fragte er. »Wissen Sie den Grund?«

»Nein«, sagte Rike Cordes, und nicht nur der trotzige Unterton verriet, dass sie nicht die Wahrheit sagte.

»Nein?« Keppler lächelte. Mädchen, dachte er, wenn du mich weiterhin für blöd verkaufen willst, sitzen wir morgen noch hier. Das ist überhaupt der häufigste Fehler von Verdächtigen. Dass sie immer annehmen, die Polizei wüsste von nichts.

»Was hat denn Ihr Chef«, Keppler verbesserte sich, denn Rike Cordes' Chef war Christian Bensen, »ich meine, was hat der Schneider denn dazu gesagt, dass Christian und Sie – dass Sie ein Paar sind?«

»Der hat gebrüllt!« Rike Cordes schüttelte angewidert den Kopf. »Er duldet keine Beziehungen am Arbeitsplatz, die würden nur von der Arbeit ablenken.« Sie lehnte sich zurück. »Dann hat er mich in sein Büro bestellt.«

»Und dann?«

»Ich dachte, er schmeißt mich raus.« Sie verzog das Gesicht. »Aber anstatt mich rauszuschmeißen, hat er mir gratuliert ...« Sie zuckte mit den Schultern und wedelte sich mit der Hand vor dem Gesicht herum. »Der war verrückt.«

Vielleicht, dachte Keppler. Aber bringt man ihn deshalb um?

SECHZEHN

Alles umsonst!

Eva hatte sich so beeilt, war unter Missachtung sämtlicher Verkehrsregeln durch die Stadt gerast, nur um pünktlich bei ihrer Mutter zu sein. Und jetzt das: Stau auf der A 38, kurz vor dem Autobahndreieck Parthenaue. Vollsperrung wegen eines Unfalls.

Eva hatte das Blaulicht aufs Dach ihres Wagens geknallt und war sirenenheulend über den Seitenstreifen an endlosen Fahrzeugschlangen vorbeigeorgelt. Trotzdem kam sie zu spät. Als sie vor dem Haus ihrer Mutter in Naunhof stoppte, stand die schon fix und fertig angezogen vor der Tür und war geladen wie eine Haubitze.

»Endlich«, fauchte sie. »Ich hatte extra sieben gesagt!«

»Mama, entschuldige«, Eva hob hilflos die Hände, »aber ich habe rein zufällig noch einen Beruf.«

»Stell dir vor, ich auch!«

»Wir haben einen Toten«, erklärte Eva, »der Mann ist brutal ...«

»Und wenn ich jetzt nicht gehe«, ihre Mutter wandte sich wütend ab, »hat Leipzig bald einen Toten mehr!«

»Wann kommst du denn wieder?«, fragte Eva beschwichtigend.

»Ich hoffe, nicht so spät.« Ihre Mutter blieb noch einmal stehen und drehte sich um. »Ich möchte unbedingt heute noch mit dir reden. So geht das nicht weiter!«

»Was ist denn passiert?«, fragte Eva.

»Frank hat geschrieben«, erwiderte ihre Mutter verärgert, »er kommt diesmal nicht nach Hause!«

»Oh nein«, stöhnte Eva. Frank war ihr Bruder. Immer unterwegs. Er war geschieden und hatte einen Sohn, Lukas, um den sich seit der Trennung von seiner Frau entweder Eva oder ihre Mutter Inge kümmerte.

»Der Junge braucht seine Eltern«, stellte Inge fest. »Und wenn schon die Mutter kein Interesse an dem Kind hat, dann sollte wenigstens der Vater präsent sein und nicht irgendwo in der Weltgeschichte rumturnen.«

»Mama, du tust so, als wenn Frank auf der Bohrinsel Urlaub machen würde.«

»Lass uns nachher darüber reden«, sagte Inge entschieden und rauschte davon.

Eva begrüßte ihren achtjährigen Neffen, der schon im Schlafanzug war und eigentlich ins Bett gehörte. Aber sie ließ sich erweichen, noch eine Partie Schwarzer Peter mit ihm zu spielen. Sie setzten sich ins gemütliche Wohnzimmer an den Kamin, aus der einen Partie wurden drei, und wie so oft war es das Kind, das immer munterer wurde, während Eva auf dem Sofa zunehmend in die Waagerechte geriet und mit der Müdigkeit kämpfte. Mühsam die Augen offen haltend, spielte sie das Spiel zu Ende und gewann.

»Endlich.« Sie malte dem Jungen mit etwas Ruß vom Kamingitter einen schwarzen Punkt auf die Stirn. »So! Gute Nacht!«

»Noch eins«, bettelte Lukas.

»Nein«, widersprach Eva streng. Es war schon halb neun, und der Junge hatte morgen Schule.

»Doch!« Lukas ließ nicht locker.

»Nein.« Eva blieb hart.

»Bitte!«

»Lukas, das war schon das allerallerletzte!« Dass Kinder nie aufhören konnten.

»Aber es ist doch noch gar nicht so spät.«

»Es ist spät genug«, sagte Eva entschieden, »okay?«

An der Tür klingelte es. Hatte ihre Mutter etwas vergessen? Aber die hatte einen Schlüssel. Wer konnte das so spät noch sein?

»Ich mach auf!« Lukas rannte zur Tür.

»Ja, aber guck erst, wer draußen steht«, rief Eva ihm nach.

»Ja, ja!« Und schon wurde die Haustür aufgerissen.

»Keppler!«, jubelte Lukas. »Spielst du mit uns?«

»'n Abend«, sagte Keppler und trat ein.

»Du kannst dich da hinsetzen«, rief Lukas begeistert und begann die Karten neu zu mischen.

»Lukas!« Eva setzte sich hastig auf und fuhr sich durch die Haare. »Vergiss es!«

»Bitte«, bettelte Lukas unverdrossen, »eine Partie mit Keppler!« Er strahlte Keppler an. »Setz dich da hin, ja?«

»Nein«, rief Eva, »nein, du spielst jetzt das Spiel ›Zähne putzen und ab ins Bett‹!« Sie nahm ihm die Karten ab und packte sie beiseite.

»Wieso denn nicht?«, fragte Keppler lächelnd und setzte sich.

»Darum«, sagte Eva.

»Aber es ist noch gar nicht spät«, widersprach Lukas.

»Es ist spät!« Eva klang jetzt deutlich genervt.

Keppler hob bedauernd die Hände. »Chef ist Chef!«

Lukas zuckte ergeben mit den Schultern.

»Schlaf schön!« Eva gab ihm einen Kuss auf die Stirn, die Männer verabschiedeten sich »give-me-five«-mäßig. »Nacht!«

Lukas verschwand in seinem Zimmer.

Eva lehnte sich zurück und sah Keppler fragend an. Es war ungewöhnlich, dass er sie hier draußen in Naunhof besuchte. Hier kam man nur mit dem Wagen her, und da Keppler noch nicht mal einen Führerschein besaß, musste er sich wohl ein Taxi genommen haben.

»Ist was passiert?«

»Nee.« Keppler senkte den Blick. Er hatte noch mal nachgedacht über Evas Verdacht, was Rüdiger Kuhnert anging. Vielleicht lag sie gar nicht so falsch. Und dann musste man der Sache nachgehen. Keppler atmete durch und sah sie an.

»Es tut mir leid wegen vorhin«, sagte er schließlich, »du hattest recht.«

Eva hob erstaunt die Augenbrauen. »Hm?«, machte sie fragend.

Herrgott, war es so ungewöhnlich, dass er sich bei ihr entschuldigte? »Es tut mir leid«, wiederholte er deutlicher, »du hattest recht.« Er wollte einfach nur nicht, dass sie ein neues Fass aufmachte, solange der eine Fall noch nicht geklärt war, aber vielleicht … Vielleicht hatte das eine ja mit dem anderen zu tun.

»Na also«, Eva nickte leicht mit dem Kopf, »geht doch.«

***

Sommer auf Sylt. Der erste nach der Wende. Damals hatte Peter gerade die Firma übernommen. Seinen alten VEB. Gekauft von der Treuhand für eine symbolische Mark. Auf Sylt hatte man sich mit den Salzburgern getroffen. Früheren SED-Genossen, die im österreichischen Finanzsektor Fuß gefasst hatten und jetzt in Peters Pläne investierten. Ohne die alten Kontakte wäre das nie gut gegangen, hatte er immer gesagt. Es ist wichtig, dass man gute Kontakte hat. Gewachsene Beziehungen. Seilschaften, die einen auffangen, wenn's mal eng wird.

Gitta Schneider lag auf der Couch im Wohnzimmer, sah sich die alten Familienalben an und trank vom Damaszener Rotwein. Auch den hatte Peter von Geschäftspartnern bekommen. Schwer und süß, voller syrischer Sonne. Eine ganze Flasche hatte Gitta schon geleert, und die zweite ging ebenfalls zur Neige. Egal. Peter war tot, und sie trank für ihn mit.

Versonnen blätterte sie durch die Fotos. Was waren das für Zeiten gewesen: voller Angst und voller Hoffnung.

Sie spürte eine Träne über ihre Wange laufen und musste lächeln. Peter hasste es, wenn sie weinte. Aber Peter war tot. Jetzt konnte sie heulen, so viel sie wollte ...

Ja, es war schön gewesen damals auf Sylt. Die Ferieninsel des goldenen Westens. Mit schönen Menschen, schönen Autos, schönen Ferienhäusern. Gitta hatte viele Fotos gemacht, doch Peter interessierte das alles nicht. Er saß im Hotel und verhandelte mit seinen Leuten, während sie mit den Kindern am Strand war, Sandburgen baute und den durchtrainierten Beachvolleyballern zusah. Einer davon war besonders forsch. Patrick hieß er, Sohn irgendeines Möbelfabrikanten aus Rheda-Wiedenbrück. Ein charmanter Junge, der ihr unmissverständlich Avancen machte. Sie genoss es, aber natürlich war nichts passiert. Trotzdem hatte sich Peter bitter gerächt. Er war immer sehr streng, hasste Verrat und Illoyalität.

Was wäre aus ihr nur geworden, wenn sie ihn nicht gehabt hätte? Peter machte immer alles richtig. Und er sorgte dafür, dass auch sie keine Fehler machte. Manchmal fühlte sich Gitta ungerecht behandelt von ihm, aber wahrscheinlich hatte er recht. Sie war eben nur eine schwache Frau. Und wie alle Frauen ertrug sie die Konsequenzen ihres verantwortungslosen Tuns nur sehr schwer. Er musste sie züchtigen, damit sie funktionierte als Mutter und Ehefrau. Sonst hätte er den beruflichen Druck nicht ertragen. Es lastete ja so viel auf ihm ...

Später machten sie Urlaub auf den Seychellen, einmal

in Argentinien und auf Neuseeland. Und oft waren sie in Nahost gewesen, in Jordanien, Syrien, den Vereinigten Arabischen Emiraten. Und vor dem Krieg auch im Irak. Peter hatte dort geschäftlich zu tun, aber wenn die Kinder Ferien hatten, nahm er die Familie mit. Reisen bildet, pflegte er zu sagen. Fremde Kulturen muss man ertragen können, damit man nicht vergisst, wie gut man es zu Hause hat. Und dann hat er gelacht. Ach, wie würde sie sein Lachen vermissen …

Sie würde überhaupt nicht mehr weiterleben können ohne ihn. Wie denn? Keiner mehr da, der ihr sagte, was zu tun war und wie man sich zu verhalten hatte. Keiner mehr da, der ihr die Fehler aufzeigte und sie dafür bestrafte. – Sollte sie die Polizei anrufen?

Mehrmals hatte sie heute schon zum Hörer gegriffen, aber weder der Kommissar noch die Kommissarin waren erreichbar. Von Eva Saalfeld hatte Gitta noch eine Mobilfunknummer, aber sie scheute sich, diese zu wählen. Warum? Weil sie sich vor den Konsequenzen fürchtete? Wieder einmal, wie Peter sagen würde? Weil sie nicht das Rückgrat hatte, den »Arsch in der Hose«, wie er sagte, zu ihren Fehlern zu stehen?

Nein, dachte sie, ich kenne die Konsequenzen. Und sie werden endgültig sein. Ohne ihren Mann war sie lebensunfähig. Von wegen Befreiungsschlag! Sie konnte und wollte nicht mehr. Und deshalb hatte sie sich einen todbringenden Cocktail gemixt. Den ganzen Arzneischrank hatte sie ausgeräumt. Ihre Antidepressiva, Peters Herztabletten, ihre Blutdrucksenker. Dazu ein paar Diazepam, um friedlich einzuschlafen und nie wieder aufzuwachen. Da sollte noch einmal jemand sagen, sie wüsste nicht um die Konsequenzen ihres Tuns …

Gitta Schneider stützte sich etwas auf, nahm das Glas mit den in Ginger Ale aufgelösten Tabletten und trank es in einem Zug aus. … Furchtbar! Rasch spülte sie mit Rotwein nach, bekam den bitteren Geschmack aber kaum von der Zunge. Noch mehr Rotwein.

Hätte sie nicht noch etwas schreiben sollen? Einen Abschiedsbrief wenigstens, an die Kinder? Damit sie sich nicht schuldig fühlten? Ja, das sollte sie tun.

Sie wollte sich erheben, aber das ging schon nicht mehr. Sie kam einfach nicht mehr hoch von der Couch. Die Fotoalben rutschten zu Boden, aber sie, sie konnte sich kaum noch rühren. Und wie müde sie plötzlich war. So müde. Schlafen, dachte sie, einfach nur schlafen.

Und nie wieder aufwachen müssen.

***

Kepplers Magen knurrte, und Eva musste lachen.

»Hunger?«, fragte sie.

»Sehr«, nickte Keppler.

Und dann machten sie es wie früher: Sie schlichen in die Küche und sahen nach, was es so an Vorräten gab: Paprika, Zucchini, Tomaten, Knoblauch, Zwiebeln, Chilischoten, Oregano, frisches Basilikum …

»Spaghetti sind auch noch da«, meldete Eva und goss sich ein Glas Rotwein ein.

»Dann gibt's Pasta«, entschied Keppler, *»fuoco campanile«*, und machte sich an die Arbeit. Er überbrühte die Tomaten kurz mit heißem Wasser, ließ sie abtropfen und schälte sie, um sie anschließend zu pürieren.

Eva lächelte. Er hatte immer gern gekocht, schon als sie noch verheiratet waren. Keppler hatte die beste Pasta von ganz Wiesbaden gemacht, da war kein Ristorante mitgekommen. Und manchmal sang er dazu. Am liebsten Lieder von Al Bano und Romina Power:

»Tu soltanto tu
Col trucco o senza niente
Sempre tu
Con la semplicità dei tuoi perché
Col muso per un vecchio rancore
O col sorriso migliore.«

Spätestens hier fiel Eva regelmäßig mit ein, und dann sangen sie zusammen wie das romantische Italopop-Traumpaar der siebziger und achtziger Jahre:

»Mi hai fatto innamorare
Mi hai fatto innamorare
Mi hai fatto innamorare
Amore mio
Per volare con te
Solamente con te
Abbracciati dolcemente
Da soli o tra la gente …«

Aber heute sangen sie nicht. Ihre Zeiten als Traumpaar waren vorbei. Seit zehn Jahren waren sie nun schon geschieden. Es hatte einfach nicht geklappt, was beide mit einiger Wehmut zur Kenntnis nahmen, ansonsten aber für völlig in Ordnung befanden. Das hier war Leipzig und nicht Wiesbaden, sie waren Partner im Beruf geblieben und hatten einen problematischen Fall: ein Mordopfer, das zu Lebzeiten tyrannisch über Familie und Firma geherrscht hatte und dessen jüngste Tochter offenkundig mit einem Mann verheiratet war, der sie schlug.

»Warum tut sie sich das an?«, fragte Eva, während sie eine Zucchini klein schnitt. »Warum verlässt sie den Kerl nicht einfach?«

»Zu so einer Beziehung gehören immer zwei.« Keppler

zerteilte eine Paprika. »Einer, der schlägt, und einer, der geschlagen wird. Das ist kein Zufall.« Er begann eine besonders große Knoblauchzehe zu schälen und in feine Scheiben zu schneiden. »Die haben sich gesucht und auch gefunden. Beide sind irgendwie traumatisiert, und beide versuchen, mit ihrem Partner, ihre Vergangenheit zu korrigieren.«

»Du willst mir jetzt aber nicht wirklich erzählen, dass Rüdiger Kuhnert so eine Art Opfer ist, oder was?« Die Theorie kannte Eva schon aus diversen Psychologieseminaren, und sie hatte ihr nie gefallen.

»Doch«, nickte Keppler überzeugt. »Genauso ist es.« Er schälte eine zweite Zehe.

»Mach nicht so viel«, mahnte Eva, »sonst stinken wir morgen so.«

»Du musst mich ja nicht küssen«, knurrte er.

»Na, Gott sei Dank«, gab Eva zurück.

»Jeder Täter ist in seiner Vergangenheit mal ein Opfer gewesen«, Keppler zerkleinerte auch die zweite Zehe, »in einem anderen Zusammenhang.«

»Ja, aber was ist dann mit der …«, Eva überlegte und trank von ihrem Wein, »… mit der eigenen Verantwortung? Gibt's nicht so was wie einen freien Willen?«

»Die eigene Verantwortung ist eine Illusion. Jeder ist ein Opfer seiner Vergangenheit. – Tja«, Keppler sah Eva achselzuckend an, »so ist das mit Freud'scher Psychologie. Kann man sich fast alles mit erklären.« Er erhob sich. »Muss man aber nicht.«

Er erhitzte zwei Esslöffel Olivenöl in einem Topf und dünstete den Knoblauch darin glasig. Dann hackte er die Chilischoten klein, gab sie mit etwas Weißwein, den pürierten Tomaten, der geschnittenen Paprika und der Zucchini dazu und setzte einen großen Topf mit Wasser für die Spaghetti auf.

»Wenn Kinder von ihrem Vater oder ihrer Mutter verprügelt werden, lernen sie daraus, dass das wohl so sein muss. Dass zur Erziehung Prügel gehören, dass man Konflikte mit Gewalt löst. Daran halten sie sich später ... Mhm.« Keppler war mit der Soße zufrieden. »Und deshalb glaube ich, dass auch Peter Schneiders Frau ein Opfer häuslicher Gewalt ist.«

Eva sah ihn stirnrunzelnd an. Wie kam er jetzt darauf? Gerade noch hatten sie von Rüdiger Kuhnert geredet, der seine Frau Susanne schlug, und plötzlich drehte Keppler das Gespräch und kam auf die Witwe des Mordopfers zu sprechen. Wieso sollte die jetzt auch von ihrem Mann verprügelt worden sein? Weil Opfersein vererbbar war? Quatsch, dachte Eva. Außerdem: »Opfer häuslicher Gewalt sind nicht automatisch Frauen!«

»Du willst mir doch nicht erzählen, dass Gitta Schneider ihren Mann geschlagen hat!« Keppler gab die Spaghetti in das siedende Wasser.

»Nein«, erwiderte Eva, »ich wehre mich nur gegen das Vorurteil, dass Frauen immer Opfer und Männer immer Täter sind.« Sie nahm sich eine Gurkenscheibe und biss hinein. »Das stimmt einfach nicht.«

»Aber das habe ich doch gar nicht gesagt!«, regte sich Keppler auf.

»Ja, ist ja gut«, beruhigte ihn Eva, »aber *ich* sage es!«

Susanne Kuhnert ist jedenfalls ein Opfer, dachte Keppler und rührte die Spaghetti um, genau wie ihre Mutter. Und hier lag der Zusammenhang, dessen war er sich inzwischen sicher: Der Tod von Peter Schneider musste ursächlich mit der Gewalt in dieser Familie zu tun haben. Man musste es nur noch beweisen. Und den Täter finden.

SIEBZEHN

Michael Schneider hatte den ganzen Abend über versucht, seine Mutter zu erreichen. Er wollte sich am Wochenende den Wagen ausleihen, um mit seinem Freund einen Ausflug nach Berlin zu machen. Gerne würde er auch seine Mutter mitnehmen. Es täte ihr sicher gut, mal herauszukommen. In eine andere Stadt. Jetzt war ja niemand mehr da, der es ihr hätte verbieten können. Aber sie nahm nicht ab. Michael sprach den Anrufbeantworter voll, doch sie rief nicht zurück. Was seltsam war, normalerweise rief sie immer zurück, und inzwischen war es bald Mitternacht. Michael Schneider hatte schon im Bett gelegen, konnte aber vor Sorge nicht schlafen. Also zog er sich wieder an und fuhr mit seiner Kawasaki nach Leutzsch, um zu schauen, ob alles in Ordnung war.

Zunächst schien es so; in der elterlichen Villa war Licht, und die Haustür war nicht abgeschlossen. Also musste Mutter da sein.

»Mama?«, rief er, als er in die Diele trat. »Warum gehst du denn nicht ans Telefon?«

Keine Antwort. Michael lauschte. Auch sonst war es totenstill im Haus.

»Mama?«

Warum antwortete sie nicht? War sie eingenickt? Unruhig trat er ins Wohnzimmer. Die Stehlampe am Fenster brannte.

Und dann sah er seine Mutter. Sie lag auf der Couch und war tatsächlich eingeschlafen. Offenbar hatte sie allein anderthalb Flaschen Wein getrunken. Das vertrug sie doch gar nicht.

Als er das Wasserglas mit den milchigen Tablettenresten am Rand sah, ahnte er, dass etwas Schreckliches passiert war.

Hastig griff er zum Hörer und wählte die Einhundertzwölf.

Wenig später stand ein Ambulanzwagen vor dem Haus. Sein Blaulicht flackerte über die ganze Straße, und bestimmt drückte sich die neugierige Nachbarin die Nase an der Scheibe platt. Viel konnte der Notarzt nicht tun. Er stabilisierte Gittas Kreislauf und Atmung, dann brachte er sie mit Sirenengeheul in die Notaufnahme des Universitätsklinikums. Michael raste mit seinem Motorrad hinterher.

»Später«, beschieden ihn die hastig umhereilenden Ärzte, als er fragte, ob seine Mutter durchkomme. Eine Schwester erkundigte sich geschäftsmäßig, ob er wisse, welche Medikamente sie zu sich genommen habe.

Michael zuckte nur die Schultern und kämpfte mit den Tränen. Schluchzend rief er seine Schwestern an. Erst Yvonne, die zum Glück gerade Dienst hatte und schon in der Uniklinik war, dann Susanne, die er wohl aus dem Schlaf geholt hatte.

Beide versprachen, sofort zu kommen.

Michael stand hilflos im Gang und trommelte nervös mit den Fingern an die Wand.

Yvonne kam nur wenige Minuten nach seinem Anruf. Sie umarmte ihn kurz und verschwand dann gleich im Behandlungszimmer.

Kurz darauf erschien auch Susanne. »Wie geht es ihr?«

»Keine Ahnung«, sagte er mit brüchiger Stimme. Er hing so sehr an seiner Mutter, nicht auszudenken, wenn sie …

»Was sagt Yvonne?«

»Die ist mit drin.« Michael deutete auf die Tür, hinter der die Ärzte und Schwestern um das Leben rangen. Seltsam war, dass Susanne allein gekommen war, ohne ihren Mann Rüdiger, oder …

»Wartet er unten?«, fragte er.

»Ja, ja«, antwortete Susanne etwas zu schnell. Dann sah sie ihn an: »Warum bist du eigentlich mitten in der Nacht hingefahren?«

Bevor er antworten konnte, ging die Tür zum Behandlungsraum auf, und Yvonne kam gefolgt von einer Ärztin heraus. Die Ärztin strich ihr tröstend über den Arm, was das Schlimmste vermuten ließ. Angstvoll sah Michael sie an.

»Ein paar Stunden später«, sagte Yvonne leise, »und wir wären Waisen.« Sie stieß Michael an und lächelte ihn aufmunternd an. »Hey! Du hast Mama das Leben gerettet.«

Ihm kamen erneut die Tränen. »Können wir zu ihr?«

Yvonne nickte und sah Susanne an. Die hatte den Kopf gesenkt, doch Yvonne wusste längst Bescheid. Ihr war Susannes mühsam geschminkter Hals nicht entgangen. Und warum trug sie so betont das Haar vor dem linken Auge? Weil es wieder einmal blau geschlagen worden war? Mit einer schnellen Bewegung versuchte sie, Susanne die Haare aus dem Gesicht zu nehmen, doch die wich hastig zurück.

Yvonne nickte bitter, sagte aber nichts.

Michael stand hilflos am Bett seiner Mutter. Sie schien immer noch zu schlafen. Als er ihr vorsichtig über das Gesicht strich, öffnete sie die Augen und lächelte unmerklich. Michael zog sich einen Stuhl heran, setzte sich und nahm ihre Hand.

»Was machst du denn für Sachen?«, schluchzte er und wischte sich die Tränen vom Gesicht. »Oh Gott, bin ich froh, dass ich vorbeigekommen bin …«

Gitta sah ihn stumm an und drehte sich dann weg. Vielleicht hatte sie ein schlechtes Gewissen, vielleicht bereute sie, dass sie noch lebte – Michael wusste es nicht. Wichtig war allein, dass er jetzt zu ihr hielt. Was auch immer geschehen war, sie brauchte Hilfe. Sie brauchte ihre Kinder. Ihn und seine Schwestern.

»Susi ist auch draußen«, sagte er leise und versuchte aufmunternd zu klingen. »Sie kommt bestimmt gleich rein.«

Susanne konnte nicht. Es ging einfach nicht, dafür verachtete sie ihre Mutter zu sehr. Gittas Selbstmordversuch hatte dieses Gefühl nur noch verstärkt.

Yvonne lehnte an der Wand und verstand es nicht: »Wieso bist du denn überhaupt gekommen?«, fragte sie giftig. »Hast du eine Ahnung, wie weh du Mama mit deinem Verhalten tust?«

Susanne schwieg trotzig. Es ging nicht darum, wie weh sie Mama tat. Es ging darum, wie weh Mama *ihr* getan hatte! Mit ihrem Unvermögen, sich auch mal schützend vor die Kinder zu stellen …

»Geht das in dein Spatzenhirn rein«, sagte Yvonne ätzend, »dass Mama gerade ihre, wenn auch beschissene Lebensgrundlage komplett entzogen wurde?« Sie löste sich von der Wand und kam heran. »Und dass sie jetzt ihre Kinder braucht?«

Und wer fragte, was Susanne brauchte? – Nein, sie war nicht in der Lage dazu, sie hätte erst gar nicht herkommen sollen. »Rüdiger wartet unten.« Susanne wandte sich ab und wollte gehen, doch Yvonne lief ihr hinterher und packte sie entschieden am Arm.

»Was immer du da mit Mama für ein Ding laufen hast …«

»Lass mich!«, schrie Susanne und wollte sich losmachen, doch Yvonne hielt sie fest.

»… das ist kein Zeitpunkt, das auszutragen!« Yvonne fing an zu weinen.

Susanne rang innerlich mit sich. Sie wusste, dass Yvonne recht hatte. Und sie spürte, wie sich trotzdem alles in ihr sträubte.

»Geh rein zu ihr«, bat Yvonne eindringlich, »bitte! Sie braucht dich.«

Susanne atmete tief durch. Bring es zu Ende, dachte sie, sei souverän, ein einziges Mal. Langsam ging sie zur Tür des Behandlungszimmers, öffnete sie einen Spalt und sah hinein. Da saß ihr Bruder am Bett, in Tränen aufgelöst, da lag die Mutter. Sah sie nicht, welchen Kummer sie Michael machte? Und ihrer Schwester? – Nein, Susanne konnte nicht hineingehen. Sie ertrug den Blick ihrer Mutter nicht, ihre Schwäche, ihre Ergebenheit bis in den Tod hinein. Sie hatte sich ausgeliefert und ihre Kinder gleich mit. Susanne würde ihr das nie verzeihen. Verächtlich schlug sie die Tür zu, strich Yvonne im Vorbeigehen verzeihend über den Arm und lief ohne ein weiteres Wort davon.

Als Keppler den Gang zum Behandlungszimmer von Gitta Schneider entlangeilte, kam ihm Susanne Kuhnert entgegen. Sie schien aufgewühlt.

»Wie geht es Ihrer Mutter?«, rief Keppler, bekam aber keine Antwort. Susanne rannte einfach weg.

Keppler sah ihr verwundert nach. Er war gerade nach seiner im Übrigen ganz ausgezeichneten Pasta von Eva aufgebrochen und hatte sich in ein Taxi gesetzt, um zu seiner Pension zu fahren, als der Anruf übers Handy gekommen war. Gitta Schneider – Selbstmordversuch. Sofort hatte er sich in die Uniklinik fahren lassen.

Yvonne Schneider sah verheult aus.

»Sie hat ihren Tablettencocktail überlebt«, sagte sie zu Keppler und lächelte hilflos. »Heute zumindest.«

»Sie glauben«, fragte Keppler, »dass Sie es noch mal tun wird?«

»Sie kann wahrscheinlich nicht ohne ihn«, sagte Yvonne bitter. »Sie ist ja immer wieder zu ihm zurückgekrochen. Wie ein Wurm.«

Keppler sah auf den Boden. Er war kein Psychologe. Er stieg nicht durch bei den verworrenen Gefühlsebenen dieses Falls. Das machte es auch so schwer, den Täter zu finden. Dabei hatte er sich einiges angelesen über Gewalt in Familien, viele schlaue Sätze über Täter-Opfer-Beziehungen mit ihren Schuld- und Verlustängsten, über Rache und Sühne und was die menschliche Psyche sonst noch so an Komplexitäten bereithielt. Und trotzdem war Gitta Schneiders Suizidversuch der vorläufige Höhepunkt in einem Drama, das er genauso wenig nachvollziehen konnte wie ihre Tochter Yvonne.

»Vielleicht wollte sie das sogar«, flüsterte sie und biss sich auf die Lippen, »vielleicht ist sie ja so … masochistisch?« Verzagt sah sie ihn an und verschränkte die Arme, als sei ihr kalt: »Und jetzt? Anstatt froh zu sein, dass sie ihn los ist, da kriecht sie ihm wieder hinterher …«

»Vielleicht«, sagte Keppler leise, »vielleicht hat sie ihn geliebt?« Trotz der Angst, trotz des Drucks, trotz der Schläge.

Vielleicht hat Gitta Schneider ihren tyrannischen Mann trotz alldem geliebt …

ACHTZEHN

Der nächste Morgen begann noch vor dem ersten Kaffee mit einem begeisterten Anruf von Menzel. Die Fahndung nach Schneiders Wagen habe deshalb nicht erfolgreich sein können, weil der Jaguar in einem Weiher bei Glesien versenkt worden sei. Angler hätten ihn jetzt entdeckt.

»Wo, sagten Sie?« Keppler hatte den Hörer am Ohr und suchte nach einer Straßenkarte.

»Gle-*sien*«, sagte Menzel noch einmal betont.

Keppler schlug die Karte auf. »Wo ist das denn?«

Glesien sei ein Ortsteil von Schkeuditz, erklärte Menzel, direkt hinter dem Leipziger Flughafen. Keppler solle einfach der A 9 folgen und nach dem Autobahnkreuz an der Abfahrt Wiedemar rausfahren. Das Auto werde gerade gehoben. Da stimme alles: Beige Ledersitze, ein Armaturenbrett aus feinstem Wurzelholz – ein Frevel, so einen eleganten Schlitten einfach zu versenken. Wer tat schon so was ohne Not? Möglicherweise ließen sich da noch verwertbare Spuren finden, die ...

»Und die Fahrgestellnummer«, Keppler goss sich erst mal einen Pott Kaffee ein, »stimmt überein mit der gesuchten?«

Menzel war außer sich. Er sei schließlich kein Idiot, natürlich habe er die Fahrgestellnummer als Erstes prüfen lassen.

»Mensch, Menzel, ich hab doch nur gefragt!«, regte sich Keppler auf. Dass der Spurensicherer immer so empfindlich sein musste. Er sah noch einmal auf der Karte nach. Glesien also, Autobahnabfahrt Wiedemar. Einem Nichtautofahrer wie Keppler sagte das wenig.

»Und wie weit ist das von Leipzig weg?«

Keine Dreiviertelstunde, erwiderte Menzel, man müsse nur der Straße Richtung Delitzsch folgen und gleich den ersten Abzweig rechts nehmen. Der Weiher liege etwas versteckt, aber inzwischen seien so viele Einsatzfahrzeuge da – das könne er nicht verfehlen.

»Ja gut.« Keppler legte auf. Da sollte ihn Eva hinfahren.

Auch sie war schon seit einer Weile in der Dienststelle; die Spurensicherung hatte wohl irgendetwas gefunden, denn sie hatte eine Fotografie in der Hand, als sie jetzt ins Büro kam und sich ihre Jacke überzog.

»Das Auto von Peter Schneider«, Keppler trank nachdenklich von seinem Kaffee, »ist im wortwörtlichen Sinne wieder aufgetaucht.«

»Okay.« Eva packte ihre Tasche. »Du, wir müssen los!«

So eilig? Keppler deutete auf seine Tasse. »Sag mal, willst du nicht erst mal einen Kaffee?«

»Nee.« Eva tippte auf das GASTEC-Logo in Kepplers Stadtplan. »Hier müssen wir hin«, und reichte ihm das Foto. »Haben wir in Schneiders Computer gefunden. Er hat es als E-Mail an Bensen geschickt. – Komm!« Sie lief zur Tür.

Keppler besah sich das Foto. Es zeigte Rike Cordes nackt und in aufreizender Pose in Schneiders Büro.

»Nette Geste«, fand Keppler. Und eine subtile Demonstration der Macht. Vor allem wenn man bedachte, dass die Cordes nicht nur Bensens Sekretärin, sondern auch dessen Geliebte war. Was wollte Schneider damit erreichen? War das Foto ein Versuch, dem sogenannten Ziehsohn klarzumachen, dass alles, was er besaß und war, von Schneiders Gnaden abhing? Dass er ihm alles wieder nehmen konnte? War es das? Hatte sich Peter Schneider so die Leute gefügig gehalten? Mit Geben und Nehmen? Als Gefangene seiner Gunst?

Und wie hatte Christian Bensen auf das Foto reagiert? – Mit Mord?

***

Zehn Minuten später erreichten sie das Firmengelände der GASTEC. Sie parkten den Wagen etwas abseits und nahmen den Wareneingang in genau dem Moment, in dem ihn auch ein Lastwagen passierte. So kamen sie bis zur Chefetage, ohne dass sie ein Pförtner sah und Bensen hätte vorwarnen können. Der sollte sich nicht mehr sicher fühlen in der Firma, die für ihn »wie eine Familie« war.

Aber auch Christian Bensen hatte vorgesorgt und sich schon mal eines der »querschlagenden« Familienmitglieder entledigt. Keppler jedenfalls fiel der leer geräumte Schreibtisch von Schneiders Sekretärin sofort auf.

»Wo ist denn Frau Hönig?«

»Frau Hönig hat unser Unternehmen verlassen«, antwortete Bensen, der mittlerweile Schneiders Büro als neuer Firmenchef bezogen hatte und der entsprechend aufgestiegenen Rike Cordes ein paar gegengezeichnete Akten geben wollte.

»Sie meinen, Sie haben sie rausgeschmissen«, knurrte Keppler grimmig. Die arme Frau Hönig. Er hatte sie noch gewarnt, dass ihr die Kündigung drohen könnte, wenn sie mit ihm, mit der Polizei, kooperiert. Doch das war ihr egal. Frau Hönig kannte nur die Loyalität zu Peter Schneider. Und so hatte sie trotz ihrer Sorge um den behinderten Sohn Tobi das Missverhältnis zwischen Bensen und dem ermordeten Chef angesprochen.

»Wir haben uns im gegenseitigen Einvernehmen getrennt«, stellte Bensen klar.

»Apropos gegenseitiges Einvernehmen«, sagte Eva

scharf, »normalerweise wären Sie doch jetzt gekündigt. Da kam Ihnen der Tod von Schneider ja gerade recht!«

Rike Cordes wollte sich mit den Akten rasch verdrücken, wurde aber von Eva barsch zurückgepfiffen:

»Sie können ruhig hierbleiben, Frau Cordes. Wir haben auch noch ein paar Fragen an Sie.« Sie legte ihr das Nacktfoto vor. »Zwei Tage bevor Ihr Freund die Kündigung bekam, hat er noch dieses Bild von Ihrem Chef gemailt bekommen.«

Beide starrten auf das Foto. Bensen schluckte und lockerte sich die Krawatte.

»Die Kündigung war doch nur Show«, rief er. »Peter war wütend, weil er mitbekommen hatte, dass ich mich bei der Konkurrenz umgehört habe!«

»Und mit dem Foto hat das natürlich überhaupt nichts zu tun?« Auch Eva wurde langsam sauer. »Sagen Sie mal, wollen Sie mich komplett für blöd verkaufen, oder was?«

Christian Bensen steckte die Hände in die Hosentaschen und holte Luft. »Peter Schneider dachte immer, er wäre zu kurz gekommen. Er wollte unbedingt dazugehören. Aber er hat nie dazugehört. Der hat einen Haufen Kohle für irgendwelche wohltätigen Zwecke gespendet«, höhnte er, »nur damit die ihn in der Zeitung mal erwähnen oder dass er irgendwo eingeladen wird. Aber die meinten gar nicht ihn! Die meinten immer nur sein Geld!« Er stützte sich kopfschüttelnd auf seinen Schreibtisch. »Peter hat gedacht, für Geld kann man alles haben. Und wissen Sie, was das wirklich Schlimme ist?« Bensen beugte sich zu Eva vor und sah plötzlich desillusioniert aus. »Er hatte recht damit!«

»Das Foto«, mahnte Eva, die endlich wissen wollte, was es damit auf sich hatte.

Bensen hob abwinkend die Hände, setzte sich und ließ Rike reden.

»Wenn ich gewusst hätte«, begann sie leise, »dass Schneider es nur darauf anlegt, Christian zu ärgern, dann …«, sie schüttelte den hübschen Kopf, »… dann hätte ich das nie …«

Keppler blieb unbewegt, wartete ab.

»Es war doch nur ein Scherz«, sagte sie hilflos, »nicht ernst gemeint. Er hat mir anfangs fünftausend geboten für den kleinen Gefallen.«

Gefallen? Wofür, dachte Keppler, um deinen Christian über die Klinge springen zu lassen?

»Das ist eine Menge Geld«, sagte Rike Cordes, »da sage ich doch nicht Nein. Das wäre vollkommen bescheuert …«

Na klar. Das ist das Problem unseres Seins, dachte Keppler, wir definieren uns nur noch über unseren vermeintlichen Marktwert. Wie Chips in einem Casino. Unsere ganze sogenannte Zivilisation ist zu einem gigantischen Puff verkommen. Und wir sind die Huren darin. Zu allem bereit, wenn es nur ordentlich bezahlt wird.

»Er hat es ja dann sogar noch auf das Doppelte erhöht!« Rike Cordes' Augen glänzten. »Zehntausend Mäuse für einmal Ausziehen und eine Minute Gucken.« Sie senkte den Blick und beteuerte: »Da war nicht mehr. – Ehrlich!«

»Ich hab ihn nur ausgelacht«, setzte Christian Bensen hinzu und lehnte sich zurück. »Dann hat er es mir aber mal bewiesen«, er hieb mit der Faust auf den Tisch, »und mir gezeigt, wie die Realität wirklich aussieht!«

»Ich habe mich ausgezogen, einmal gedreht und wieder angezogen«, flüsterte Rike Cordes, »und dafür habe ich zehntausend Mäuse gekriegt.« Wieder schüttelte sie den Kopf. »Ich hab nicht gewusst, dass er das Foto macht.«

»Einmal Ausziehen für zehntausend Euro. Tja, wer würde da schon Nein sagen.« Eva schüttelte den Kopf.

»Ich«, antwortete Keppler. »Aber mich würde ja auch keiner fragen.«

Eva lachte. »Du gehst ja nicht mal mit Badehose an den See!«

Nee, dachte Keppler. Nicht mehr, seit man mit jedem Handy filmen und fotografieren kann. Am Ende findet man sich noch auf YouTube in einem dieser spaßigen Amateurfilmchen wieder: *Der Kommissar und sein Seepferdchen.* Haha, wie lustig. Und gleichzeitig ein Wahnsinn: *Big Brother is watching you* – völlig gedankenlos und inzwischen überall.

Inzwischen waren sie wieder in der Dienstelle und gingen die Stufen im grün gekachelten Treppenhaus hoch. »Der Schneider«, fuhr Eva fort, »wollte seinem Ziehsohn nur beweisen, dass man mit Geld jeden kaufen kann.« Sie sah Keppler von der Seite an. »Rike Cordes hat er dazu nur benutzt. Und sie war so clever, das auszunutzen.« Sie öffnete die Tür zum Büro. »Aber deswegen können wir sie nicht verhaften. Nicht sie und Bensen auch nicht.«

»Aber Rike Cordes«, entgegnete Keppler, »beherrscht den Achterknoten.«

»Damit geh mal zum Staatsanwalt.« Eva zog sich die Jacke aus. »Das haut er dir schön um die Ohren!«

Keppler blätterte die schmalen giftgrünen Klemmhefter auf seinem Schreibtisch durch. Die neuesten Rechercheergebnisse der Kollegen. »Finster ist auch raus«, stellte er fest.

»Wieso?« Eva kam heran.

»Die Leute, die Montagmorgen bei ihm Sturm geklingelt haben, waren die Leute vom Ordnungsamt. Die kamen unangemeldet, das konnte er nicht wissen. Also stimmt sein Alibi.« Er zog die entsprechende Faxmitteilung aus dem Hefter und gab sie Eva. »Seine Katzen hat gestern der Tierschutz abgeholt. Die nette Nachbarin hat ihn angezeigt.«

»Aber der Finster braucht seine Tiere!« Eva war entsetzt. »Die hatten es doch gut bei ihm.«

Wer braucht schon Feinde, wenn er nette Nachbarn hat, dachte Keppler und sah sich die weiteren Papiere durch. Eines kam vom Meldeamt und schien sehr interessant: »Wusstest du, dass Gitta Schneider in Glesien aufgewachsen ist?«

»Wenn die Schneider ihren Mann nur loswerden wollte, dann hätte sie das einfacher haben können«, winkte Eva ab. »Der Mann war schwerer Diabetiker. Sie hätte ihm nur einmal zu viel Insulin spritzen müssen oder dafür sorgen müssen, dass es zu einer Unterzuckerung kommt, dann wäre er auch tot gewesen. Und nie hätte jemand hätte Verdacht geschöpft.«

Keppler lächelte. »Du hast ja richtig kriminelle Energie.«

Eva sah auf die grünen Hefter. Warum landeten die eigentlich immer auf Kepplers Tisch und nicht auf ihrem? Selbst der abschließende Obduktionsbericht von Striesow war an Keppler gerichtet. Dabei war sie die Chefin hier, also müsste alles auf ihren Tisch. Aber das lag nun sicher wieder daran, dass sie »nur« eine Frau war.

Oder aber daran, wie es Keppler erklären würde, dass sein Schreibtisch näher an der Tür stand.

»Was ist denn mit seinen Kindern«, fragte sie, ohne das Thema weiter zu vertiefen, »sind die nicht interessanter? Von denen hatte doch nicht eines ein entspanntes Verhältnis zum Vater.«

»Haben aber alle ein Alibi«, erwiderte Keppler und blätterte den Obduktionsbericht durch. Wenn dieser großartige Rechtsmediziner sich mal wegen des Todeszeitpunkts festlegen könnte … Aber gewisse Menschen legen sich halt nicht gerne fest, außer beim Shibari-Bondage.

»Es sei denn«, fügte er schließlich nachdenklich hinzu, »Peter Schneider wurde nicht am Montag, sondern schon am Sonntag ermordet. Dann hätten viele kein Alibi.«

»Ja, aber die Nachbarin hat ihn doch am Montag wegfahren sehen«, gab Eva zu bedenken.

»Ihn«, fragte Keppler, »oder sein Auto?«

NEUNZEHN

Da er nicht der Mann war, der solche Fragen lange unbeantwortet ließ, machte Keppler sich sofort auf den Weg in die Paul-Michael-Straße nach Leutzsch.

Natürlich war die Nachbarin auf ihrem Posten. Frisch frisiert und in den neuesten Leipziger Chic gekleidet stand sie auf dem Trottoir und beobachtete das Geschehen in der »Mordvilla«. Es war ja so aufregend, einem derartigen Kriminalfall sozusagen persönlich beiwohnen zu können.

»Natürlich habe ich nicht genau gesehen, wer dringesessen hat«, erklärte sie Keppler bedauernd, »aber wer soll denn sonst gefahren sein? War ja schließlich sein Auto. Das ist seine Frau nie gefahren.«

Sie verstummte und deutete auf ein Taxi, das eben die villengesäumte Straße herauffuhr und vor dem Schneider'schen Anwesen hielt. Tatsächlich stieg Gitta Schneider aus. Sie war aus dem Krankenhaus entlassen worden.

»Vielen Dank für Ihre Hilfe«, verabschiedete sich Keppler schnell. »Wir melden uns dann.«

»Gern!«, strahlte die Nachbarin und stöckelte zurück zu ihrem Haus, wo sie allerdings in der Tür stehen blieb, um den weiteren Verlauf der Dinge zu verfolgen.

Gitta Schneider schien um Jahre gealtert. Gebeugt lief sie über die Straße, ohne von Keppler Notiz zu nehmen.

Stattdessen fielen ihr einige welke Kastanienblätter auf, die vor der Gartenpforte lagen. Die Miniermotte war in diesem Sommer wieder besonders aktiv, und die alten Bäume litten. Sorgsam sammelte sie die Blätter auf und nahm sie mit ins Haus.

Vermutlich um sie im Kamin zu entsorgen, dachte Keppler. Irgendwo hatte er gelesen, dass man, um der Motte Herr zu werden, alle welken Blätter verbrennen musste.

Das Taxi fuhr an, doch Keppler hob die Hand und stoppte es wieder. Wahrscheinlich war der Wagen von Peter Schneider inzwischen bei Menzel in der kriminaltechnischen Untersuchungsstelle eingetroffen.

»Wissen Sie, wo die KTU ist?«, fragte er den Taxifahrer.

»Nö«, antwortete der, »was soll das denn sein?«

»Ich erklär's Ihnen«, Keppler stieg ins Taxi, »Abfahrt!«

***

»Frau Kuhnert?«

Die Idylle war trügerisch, Eva konnte es fast körperlich spüren. Niemand war auf der Straße, und trotz der herrlichen Sonne, die den Gildemeisterring beschien, trotz der vielen Blumen in den Gärten, der summenden Bienen und der Gardena-Sprenger, die den Rasen wässerten, war sich Eva sicher, dass hier Furchtbares geschehen war.

Warum öffnete Susanne Kuhnert nicht? Eva sah auf die Uhr. Sicherheitshalber hatte sie den Schlüsseldienst gerufen und einen Streifenwagen. Wo blieben die nur?

»Frau Kuhnert, machen Sie auf!« Eva klingelte erneut und klopfte energisch gegen die Haustür. »Frau Kuhnert, wenn Sie jetzt nicht die Tür aufmachen, dann muss ich davon ausgehen, dass Ihnen etwas passiert ist und dass Sie nicht in der Lage sind, an die Tür zu kommen. – Ich lasse sie jetzt aufbrechen!«

»Nein«, kam es endlich von drinnen, »mir geht es gut.« Aber Susanne Kuhnerts Stimme klang tonlos. »Mein Mann hat versehentlich alle Schlüssel mitgenommen. Ich kann Ihnen leider nicht aufmachen. Kommen Sie morgen wieder.«

Ich bin aber jetzt da, dachte Eva. Und ich werde nicht

gehen, bevor ich weiß, was da drinnen passiert ist. Sie lauschte an der Tür.

Man hörte ein Kind leise schluchzen. Und die beruhigende, aber gebrochen klingende Stimme der Mutter: »Alles wird gut, Lina …«

Auf der Straße stoppten ein Streifenwagen und ein Bulli des Schlüsseldienstes.

»Ah, na endlich«, sagte Eva erleichtert und nickte den beiden uniformierten Polizisten zu. »Ich warte schon seit einer halben Stunde.«

»Es ging nicht früher«, entschuldigte sich der Mann vom Schlüsseldienst.

»Ist schon klar.« Eva bedeutete den Polizisten, die Terrasse und die Fenster des Hauses zu sichern, und wandte sich wieder dem Mann vom Schlüsseldienst zu. »Machen Sie schnell, ich muss da rein.«

Innerhalb von Sekunden war die Haustür entriegelt. Eva stieß sie auf, wartete einen Moment.

»Frau Kuhnert?«

Keine Antwort.

Eva zog die Waffe und trat vorsichtig ein. »Frau Kuhnert?«

Was war hier los, verdammt? Die hatte doch eben noch gesprochen … Eva winkte einen Polizisten heran, damit der die Treppe zum Obergeschoss sicherte, und stieß vorsichtig die Küchentür auf.

»Frau Kuhnert?«

Da lag sie auf dem Boden. Halb an den Herd gelehnt, schwer verletzt und blutig geschlagen. Die kleine Lina hockte stumm bei ihr und hatte Tränen im Gesicht.

»Oh, mein Gott«, entfuhr es Eva entsetzt. »Schaut oben nach, ob er da ist«, befahl sie den Polizisten. »Notarzt rufen!«

Sie kniete sich hin und zog ein Tempotaschentuch hervor. »Jetzt erzählen Sie mir nicht wieder, dass Sie sich irgendwo gestoßen haben«, sagte sie eindringlich.

»Nein«, flüsterte Susanne Kuhnert, und Eva sah, dass ihr auch ein paar Zähne ausgeschlagen worden waren, »das war alles nur meine Schuld.«

»Nein, das war es nicht!« Eva rang um Fassung. »Und das wissen Sie besser als ich.«

Ein Polizist kam in die Küche und schüttelte den Kopf. Es war wohl niemand weiter im Haus.

»Kümmern Sie sich bitte um die Kleine?« Eva strich dem Kind tröstend über den Kopf und sagte liebevoll: »Gehst du mit dem Polizisten mit, ja?«

»Lina, Mama kommt gleich nach«, flüsterte Susanne Kuhnert mit blutigen Lippen, »geh nur.«

Und Eva setzte hinzu: »Ich passe auf die Mama auf, hm?«

Widerstrebend ging das Kind mit den Polizisten mit.

Eva wandte sich wieder der Schwerverletzten zu und tupfte ihr behutsam mit dem Taschentuch das Blut aus dem Gesicht. »Sie dürfen sich das nicht gefallen lassen«, sagte sie leise.

»Was glauben Sie, was passiert«, erwiderte Susanne Kuhnert schwach, »wenn er zurückkommt …«

»Ich werde Ihm verbieten, das Haus zu betreten«, erklärte Eva, doch Susanne Kuhnert winkte ab.

»Daran wird er sich sicherlich halten …«

»Das wird er«, bekräftigte Eva.

Draußen entstand plötzlich Tumult. Rüdiger Kuhnert traf in der Haustür mit den Polizisten zusammen, die gerade seine Tochter Lina hinausbrachten.

»Was ist denn los hier?«, fragte er aufgebracht. »Lina!«, bellte er, »Lina! Was soll das!«

»Oh Gott«, rief Susanne panisch und wollte sich aufrappeln. »Er kommt!«

»Ganz ruhig«, sagte Eva und nahm die völlig verängstigte Frau in den Arm, »ganz ruhig.«

»Nein, er kommt!« Susanne Kuhnert wollte sich Eva entziehen, doch die hielt sie sanft zurück.

»Was soll denn das?«, schrie Kuhnert einen der Polizisten an. »Lina!«

»Papa«, das Mädchen fing an zu weinen, »Papa!«

»Lina!«, brüllte Kuhnert außer sich vor Wut. »Was soll denn das? Lina!«

Was für eine Hölle, dachte Eva und schloss für einen Moment die Augen, was für ein Alptraum ist das hier. Susanne Kuhnert zitterte in ihren Armen wie Espenlaub, weinte und versuchte verzweifelt, wegzukriechen, aber Eva hielt sie ganz fest und strich ihr über das blutverklebte Haar.

»Ganz ruhig«, wiederholte sie leise, »ganz ruhig.«

Und dann stand Rüdiger Kuhnert in der Küche. In Anzug und Krawatte, offenbar kam er aus dem Büro. Hochrot im Gesicht, kurz vor der Explosion. Deutlich traten die Schlagadern an seinem Hals hervor.

»Susanne«, rief er scharf, »was ist hier los?«

Eva richtete sich auf: »Das würde ich gern von Ihnen wissen.«

»Machen Sie, dass Sie rauskommen«, knurrte Kuhnert mit bebender Stimme. »Was wollen Sie überhaupt hier? Das ist mein Haus!«

»Ich glaube, Sie haben mich nicht verstanden.« Auch Eva wurde lauter. »Wenn hier jemand geht, dann sind Sie das!«

»Verlassen Sie sofort mein Haus«, brüllte Kuhnert und ballte die Fäuste, »sonst ...«

»Was sonst?«, schrie Eva zurück.

»RAUS«, brüllte Kuhnert mit wutverzerrter Miene, »HABE ICH GESAGT!«

»Bitte gehen Sie«, schrie Susanne verzweifelt und versuchte, Eva aus der Küche zu schieben, bevor noch mehr passierte. Doch die blieb standhaft.

»Nein«, sagte sie entschieden, »Ihr Mann geht!«

»Ich habe ihr nichts gesagt …«, bettelte Susanne flehend, »bitte! Tu ihr nichts …«

»Wenn Sie nicht sofort hier verschwinden«, ging Kuhnert auf Eva los, »dann …«

»Was dann?« Eva wich keinen Schritt zurück. »Sie drohen mir?«

»Ich mach dich tot!«, brüllte Kuhnert, doch bevor er sich auf Eva stürzen konnte, hatten ihn die Polizisten überwältigt und in den Fesselgriff genommen.

»Wissen Sie was?«, schrie Eva zurück, nun ebenfalls außer sich. »Sie haben die nächsten achtundvierzig Stunden Zeit, darüber nachzudenken, was hier passiert ist! – ABFÜHREN!«

Die Polizisten hatten Mühe, dem sich heftig wehrenden Rüdiger Kuhnert Handschellen anzulegen.

»Loslassen«, brüllte der immer wieder und trat um sich, »loslassen! Was soll denn der Scheiß?«

Die Polizisten zerrten ihn aus dem Haus.

»Lassen Sie mich los«, hörte man ihn noch auf der Straße rufen, und er klang wie ein Ertrinkender, für den es keine Rettung mehr gab.

Dann war Schluss. Eine plötzliche Stille, die lauter war als jedes Geschrei.

Susanne brach heulend zusammen.

Eva nahm sie in den Arm, wollte ihr etwas Wärme geben, Trost, ein wenig Hoffnung. Aber wie konnte es Hoffnung geben in einer Welt, die menschliche Hölle hieß? In einem Kreislauf von Gewalt und wieder Gewalt, geboren aus Leid, Schmerz und Überforderung?

Susanne hockte wimmernd in ihren Armen.

Nein, es gab keinen Trost und keine Hoffnung mehr. Nur unendliche Traurigkeit.

***

Als Keppler aus der KTU kam, dämmerte es bereits. August, die Tage wurden schon wieder kürzer. Im Büro war kein Licht, und Keppler wähnte sich allein. Er zog sein Sakko aus, ging an den Kaffeeautomaten. Dann hörte er ihr leises Schluchzen.

Eva? – Weinte sie? Verwundert kam Keppler zurück. Er fand sie zusammengesunken am Schreibtisch. Auf ihren Wangen schimmerten Tränen.

Sie war nicht nah am Wasser gebaut, Keppler hatte sie bisher nur zweimal weinen sehen.

Was war geschehen?

»Steißbeinprellung«, las Eva mit leiser, tränenerstickter Stimme den Ambulanzbericht von Susanne Kuhnert vor, »Unterleibsprellung, Schädelprellung. Ein druckschmerzhafter Kehlkopf mit Schluckbeschwerden, offene Platzwunde an der linken Schläfe, zwei eurostückgroße Hämatome über den Dornfortsätzen der Halswirbelsäule, vier weitere am rechten Ober- beziehungsweise Unterarm …« Schniefend warf sie den Bericht auf den Tisch und starrte blicklos vor sich hin.

Keppler atmete kaum hörbar aus. »Und wo ist sie jetzt?«

»Zu Hause«, schluchzte Eva und wischte sich mit dem Unterarm übers Gesicht, »der Arzt hat ihr eine Beruhigungsspritze gegeben.«

Sie ist wirklich fertig, dachte Keppler betroffen. »Und …« Er überlegte. Wie hieß die Tochter noch gleich? »… Lina?«

»Ist bei einer Nachbarin«, antwortete Eva leise. »Jedenfalls habe ich sie dazu gebracht, dieses Dreckschwein morgen anzuzeigen.« Sie schnäuzte sich. »Hoffentlich kommt der nie wieder in ihre Nähe.«

Die Sache hat sie sehr mitgenommen, dachte Keppler. Sie tat ihm leid, und er hatte keine Idee, wie er sie aufmuntern konnte. Aber vielleicht ging es ja gar nicht darum? Vielleicht war es einfach nur gut, dass er da war?

Ich sollte aufhören, diese dämlichen Psychologiebücher zu lesen, überlegte er. Es gibt kein richtiges Verhalten für Gefühle. Er ging langsam zu Eva hinüber und strich ihr behutsam und etwas verlegen über den Arm.

»Übrigens«, sagte er, um sie auf andere Gedanken zu bringen, »Menzel hat was rausgefunden.«

Eva sah ihn fragend an.

»Die Leiche von Peter Schneider wurde definitiv in seinem eigenen Wagen transportiert«, erzählte Keppler weiter, »da ist er sich ganz sicher.«

»Und«, Eva sah ihn aus feuchten Augen an, »er hat keine Spuren oder Fingerabdrücke von Bensen gefunden?«

»Nee«, Keppler schüttelte den Kopf, »aber dafür eine Menge von Gitta, Peter und von Michael Schneider.«

ZWANZIG

»Ja, ich hab mir den Wagen von meinem Vater manchmal ausgeliehen«, sagte Michael Schneider, als ihn Keppler dazu am nächsten Morgen befragte. »Wenn er auf Geschäftsreise war«, setzte er hinzu, »der hat davon aber nie etwas mitbekommen.« Er lächelte schwach. »Das war so ein kleiner Deal zwischen meiner Mutter und mir. Manchmal haben wir auch zusammen einen Ausflug gemacht. Sie kam ja sonst nie raus, wenn er da war.«

»Wieso?«

»Weil er es nicht wollte.« Michael Schneider lachte jenes bittere Lachen, das in dieser Familie so häufig war. »Sie hätte genug im Haus zu tun. Und sie hat immer schön brav stillgehalten. Darum hat sie unsere Ausflüge auch immer so genossen.« Er sah nachdenklich aus dem Fenster und seufzte. »Wer auch immer ihn umgebracht hat«, setzte er nach einer Weile hinzu, »er hat dafür gesorgt, dass es ein Arschloch weniger auf dieser Welt gibt!« Er senkte den Blick. »Ich hätte es tun sollen.«

»Ein Arschloch weniger?« Keppler beobachtete ihn sehr genau. »Er war immerhin Ihr Vater!«

»Er hat mich gezeugt«, stellte Michael Schneider entschieden klar, »das war nie mein Vater. Er hat mich nur gezeugt!« Er schüttelte bekräftigend den Kopf: »Einen Vater stelle ich mir anders vor.«

Keppler schwieg.

Michael zog den linken Ärmel seines Hemdes hoch und versuchte den Arm gerade zu strecken. Es gelang ihm nicht. »Der wird nicht mehr grade. Das ist das Werk meines Erzeugers. Er hat ihn mir bei irgendeinem Wutanfall gebrochen. Und wäre meine Mutter nicht dazwischen gegangen, hätte der ihn rausgerissen. Dann hat er sie verdroschen.« Michael Schneider bekam feuchte Augen … »An meinem achtzehnten Geburtstag bin ich ausgezogen. Jeden Drecksjob habe ich gemacht, aber wirklich jeden Drecksjob. Ich wollte einfach nur weg von ihm. Ich wollte weg von meinem Vater.«

Aber du bist ihn nie losgeworden, dachte Keppler, obwohl er tot ist, rumort er immer noch in dir herum. Vor solchen Dingen kann man nicht fliehen. Weder du noch deine Schwestern. Und schon gar nicht deine Mutter.

»Die hat immer schön brav stillgehalten«, sagte Michael Schneider noch einmal, »all die Jahre immer schön brav stillgehalten. ›Reg den Vati nicht auf‹, hat sie immer gesagt. ›Der Vati hat so viel um die Ohren. Der Vati macht alles nur für uns.‹ – Man konnte mit ihr nicht darüber reden. Immer wenn wir davon angefangen haben, dann … Dann hat sie abgeblockt. Ich habe das nie verstanden.« Hilflos sah er Keppler an. »Und ich verstehe das auch heute noch nicht.«

Keppler rieb sich den Nacken. Das Mordopfer hatte zu Lebzeiten seine ganze Umgebung terrorisiert. Am meisten aber seine Familie: Da gab es keinen, der nicht traumatisiert war. Die Mutter wurde geschlagen. Die Kinder, Michael und Yvonne, vereint in Hass und Verachtung für ihren Vater. Tochter Susanne gefangen in einer Beziehung zu einem Mann, der ebenfalls gewalttätig war. In so einem Umfeld, das wusste Keppler aus Erfahrung, gedeihen Mordgedanken. Es musste in der Familie passiert sein, dessen war er sich sicher, denn die Leiche, das war erwiesen, war in Schneiders Wagen transportiert worden.

»Sagen Sie«, sagte er langsam, »Ihre Mutter: Besitzt die einen Führerschein?«

Michael starrte ihn an.

***

»Ja, der ganz große Bahnhof.« Eva raste mit ihrem Dienstwagen durch die Stadt. »Wann könnt ihr da sein? – In zwanzig Minuten, okay.« Sie fuhr über den Leipziger Innenstadtring und bog am Brühl ab, um Keppler abzuholen.

Der wartete vor dem Comicgeschäft. In einer Blitzaktion war der Antrag auf Durchsuchung der Schneider'schen Villa genehmigt worden. Eva hatte sämtliche Alibis noch einmal überprüft. Alle hatten eines. Alle, bis auf eine: Gitta Schneider.

»Die Frage ist jetzt nur, wer den Wagen gefahren ist«, überlegte sie laut, als Keppler einstieg, und sah ihn fragend an.

»Sie selbst«, erwiderte Keppler.

»Ich denke, sie kann nicht Auto fahren.«

»Doch«, antwortete Keppler, »sie durfte nur nie.«

Eva gab Gas und knallte das Blaulicht aufs Dach. Völlig übertrieben, wie Keppler fand.

»Die Witwe läuft uns schon nicht weg.«

»Ach ja?« Eva überholte auf der rechten Seite. »Ich dachte, du wolltest vor Menzel am Tatort sein!«

Schon, Keppler krallte sich fest, aber wichtiger war, dass er ihn lebend erreichte.

Vor der Schneider-Villa in der Paul-Michael-Straße war schon das ganze Aufgebot versammelt: Die Bullis der KTU und von Menzels Spurensicherung, zwei Streifenwagen und ein mobiles Labor. Polizisten standen mit unablässig vor sich hin quäkenden Funkgeräten herum, ein Beamter unterhielt sich mit der aufgeregten und wie immer sehr neugierig dreinschauenden Nachbarin.

Eva stoppte den Wagen, sie und Keppler stiegen aus. Menzel kam ihnen an der Gartenpforte geschäftig entgegen und stockte.

»Wir haben schon mal angefangen«, entschuldigte er sich bei Keppler.

»Grüß dich, sagte Eva.

Keppler schob sich wortlos am Spurensicherer vorbei und lief hoch zum Haus. Eva folgte.

»Wird 'ne Weile dauern!«, rief Menzel ihnen nach.

Gitta Schneider stand in ein schwarzes, hochgeschlossenes Kostüm gekleidet im Wohnzimmer. Um sie herum stellten Polizeibeamte alles auf den Kopf. Sämtliche Schränke, Kommoden und Schuber wurden durchsucht, Wände und Dielen nach Hohlräumen abgeklopft, selbst Teile der komplizierten und erst kürzlich angebrachten Deckenverkleidung wurden abgenommen. In Küche und Bad wurden Wände und Böden mit ultraviolettem Licht gescannt, damit man kleinste und scheinbar längst sorgsam entfernte Blutspuren sichtbar machen konnte.

»Wie geht es Ihnen, Frau Schneider?«, erkundigte sich Eva, doch die Witwe sagte kein Wort und sah die Kommissare nur anklagend an.

»Sie wissen, warum wir hier sind?« Eva ging ein paar Schritte auf Gitta Schneider zu. »Ich war gestern bei Ihrer Tochter Susanne und musste den Notarzt rufen. Sie ist von ihrem Mann schwer misshandelt worden.«

Gitta Schneider stand unbeweglich. Wie unter einer Glocke. Als sei das, was um sie herum passierte, sehr weit weg.

»Warum haben Sie keinen Kontakt zu Ihrer Tochter?«

»Susanne verachtet mich.«

»Warum?«

»Das müssen Sie sie fragen«, sagte Gitta Schneider tonlos, »das wüsste ich auch gern.«

»Wissen Sie«, Keppler kam heran, »ich habe den Eindruck, dass Ihre Tochter Ihnen sehr ähnlich ist. Könnte es sein, dass Sie das gleiche Schicksal haben?«

Gitta Schneider schwieg.

»Ihr Mann hat Sie doch auch geschlagen«, fügte Kepler hinzu.

»Unsere Ehe war normal«, entgegnete Gitta Schneider steif, »vollkommen normal!«

Eva atmete hörbar aus. »Normal«, sagte sie kopfschüttelnd, wandte sich ab und ging aus dem Raum.

Oben im Schlafzimmer waren die Spurensicherer gerade dabei, die Betten zu durchwühlen. Sämtliche Schränke standen offen, eine Beamtin stand an der Frisierkommode und schrieb an einer Bestandsliste.

»Und«, erkundigte sich Eva, »wie sieht es aus?«

Die Beamtin sah auf und reichte Eva einen Stapel alter Briefe. »Die haben wir gefunden. Wollte ich gerade bringen.«

Eva nahm die Briefe. Es waren mindestens vierzig, ein ganzer Packen, zusammengebunden mit roter, fester Schnur.

Eva nahm die zusammengeschnürten Briefe mit ins Wohnzimmer und legte sie vor der Witwe auf dem großen Esstisch ab.

»Die hat mir alle mein Mann geschrieben.« Gitta Schneider griff nach den Briefen und sah sie liebevoll an, »noch bevor wir geheiratet haben.« Einige Briefe steckten in rosa Kuverts, andere waren mit getrockneten Rosenblättern verziert.

»Haben Sie die Briefe zusammengeknotet?«, fragte Eva.

»Ja.« Gitta Schneider sah fragend auf. »Warum?«

»Weil die Briefe mit einem ganz besonderen Knoten zusammengebunden wurden«, antwortete Eva, »nämlich mit dem gleichen Knoten, mit dem auch Ihrem Mann die Arme gefesselt wurden …«

»Wir haben den Wagen Ihres Mannes in einem Weiher

bei Glesien gefunden«, setzte Keppler langsam hinzu. »Sie sind dort aufgewachsen, nicht?«

Gitta Schneider nickte unmerklich.

»Haben Sie Ihren Mann getötet«, fragte Eva, »um sich aus der Gewaltbeziehung zu befreien?«

»Wie kommen Sie denn darauf?« Gitta Schneider schlug die Augen nieder. »Nein.«

»Ihre Kinder haben uns erzählt, dass Sie regelmäßig geschlagen worden sind. ›Zu einem tüchtigen Menschen erzogen‹, wie Ihr Mann es nannte.«

»Ach«, sie winkte etwas zu heftig ab, »was wissen denn die Kinder schon! – Wir hatten eine ganz normale Ehe.« Sie hob die Schultern, blickte zur Seite. »Wir haben uns ab und zu gestritten, aber das ist doch völlig normal.«

Eva sah sie verständnislos an. »Sie finden es also völlig normal, im Winter bei Frost nackt auf den kalten Dachboden gesperrt zu werden? Damit Sie es wieder zu schätzen lernen, wie schön warm Sie es bei Ihrem Gatten haben?«

»Hören Sie doch auf«, zischte Gitta Schneider verlegen, da gerade Menzel aus der Küche hereinkam und im Türrahmen stehen blieb.

»Kann einer von euch kurz kommen?« In der Hand hatte er ein kleines Plastiktütchen. Keppler sah es sich kurz an und gab es an Eva weiter, bevor er dem Spurensicherer hinausfolgte.

Eva hielt das Plastiktütchen ins Licht und besah sich den Inhalt. »Das ist der Ehering Ihres Mannes.«

»Was ist denn jetzt daran schlimm?«, fragte Gitta Schneider. »Er hat ihn nie getragen.«

»Doch«, widersprach Eva, »er hatte noch den Abdruck am Finger, als wir ihn gefunden haben.«

Gitta Schneider wandte sich langsam ab und sah aus dem Fenster. Eine Haarsträhne war ihr in die Stirn gefallen. Sie strich sie beiseite. Ihre Hände zitterten ein wenig.

»Frau Schneider!« Eva kam heran. »Es gibt mittlerweile die Auffassung bei Gericht, dass …« Sie dachte einen kurzen Augenblick nach und fuhr dann fort: »… dass Ihre Tat nicht als Mord, sondern als Notwehr geahndet wird. Die jahrelangen Misshandlungen …«

»Das ist mir so was von egal!«, unterbrach sie die Witwe heftig. »Lieber ein Leben lang im Gefängnis als ein Leben lang mit ihm! Ich habe gedacht, wenn ich mich gut betrage und alles so mache, wie er es will, dann wird alles gut.«

Ihr Blick verschwamm.

»Ich habe mich so bemüht, aber er fand trotzdem immer einen Fehler.« Sie lächelte schmerzlich. »Das hat sich nie geändert. Schicksal«, sie zuckte mit den Schultern, »da kann man nichts machen.«

Sie deutete aus dem Fenster hinaus auf die Kastanie vor dem Haus. »Sehen Sie den Baum? Die Miniermotte macht ihm zu schaffen.« Sie lachte bitter auf. »Auch daran bin ich schuld, weil ich im Herbst die Blätter nicht sorgfältig genug gesammelt und verbrannt habe. Für jedes welke Blatt, das er fand, gab es eine Ohrfeige. Er feuerte die Putzfrau, weil ich das ja tun könne, und schlug mich, wenn es ihm nicht sauber genug war. Er wollte mich immer zu einer guten Hausfrau erziehen.«

Sie sah Eva hilflos an und hatte Tränen in den Augen. »Aber ich genügte seinen Ansprüchen nicht. Auch als Mutter sei ich eine Fehlbesetzung, sagte er. Als ich den Kindern mal etwas Süßes gab, brach er mir einen Zahn heraus«, sie zeigte Eva die Lücke, »damit ich wisse, wie sich das anfühlt, wenn der Zucker das Gebiss ruiniert …«

Keppler stand mit Menzel in der Küche. Die Spurensicherer hatten jede Menge Blutspuren auf dem Boden ausgemacht. Die Küche musste buchstäblich in Blut gestanden haben. Zudem gab es unter dem Küchentisch Sprünge und Kerben in den Terrakottafliesen. Von einer Axt, wie Menzel festgestellt hatte.

Als Keppler wieder zurück ins Wohnzimmer kam, gestand Gitta Schneider bereits:

»... er hatte schlechte Laune, weil Herr Finster hier war«, sagte sie und suchte nach einem Taschentuch. »Er hat den Teller auf den Boden gepfeffert, weil angeblich die Rouladen versalzen waren, aber das stimmte nicht.« Sie schüttelte heftig den Kopf. »Die waren wie immer. Ich habe mich gebückt, um alles aufzuheben, da hat er mich getreten. Ich bin in mein eigenes Essen gefallen ...«

Sie tupfte sich mit einem Taschentuch über das Gesicht, obwohl da keine Tränen waren. Nur Schmerz stand in ihren Augen, unendlicher Schmerz.

»Und als ich wieder aufstand, kam der Bubi auf meine Schulter geflogen. Wie er das immer tut. Der Peter hat ihn genommen und ihm einfach den Hals umgedreht ... Ganz einfach. Er hat gesagt, ich soll zusehen, bis er stirbt. Der Bubi hat noch mit den Füßchen gezappelt, als er ihn in den Mülleimer warf ...«

Jetzt liefen die Tränen doch.

»Und was geschah dann?«, fragte Eva.

»Ich habe ein Messer genommen und zugestochen«, sagte Gitta Schneider, als sei sie noch immer darüber erstaunt. »Nur ein einziges Mal. Der Peter hat sich gar nicht gewehrt. Er fiel einfach um. Das ging ganz schnell ...«

»Aber«, fragte Keppler nachdenklich, »warum haben Sie ihm die Beine abgehackt?«

»Ach«, winkte Gitta Schneider ab, »ich hatte doch vor drei Jahren einen Bandscheibenvorfall. Ich soll nicht so schwer tragen.« Sie lächelte ihn an.

Epilog

Eva und Keppler verzichteten auf Handschellen, als sie Gitta Schneider aus dem Haus brachten. Davor warteten Susanne Kuhnert und ihre Tochter Lina.

»Hallo, Oma«, rief das Mädchen.

»Hallo, Lina.« Gitta Schneider hockte sich nieder und umarmte ihre Enkelin. So lange hatte sie sie nicht gesehen.

»Du musst nicht weinen«, sagte Lina und strich ihrer Oma sanft über das Haar.

»Ich weine nicht«, schluchzte Gitta Schneider, »ich freue mich doch.« Sie sah ihre Tochter an. Sie hatte ein großes Pflaster auf der Stirn und blaue Flecken im Gesicht.

»Komm, Lina«, sagte sie und nahm das Kind an die Hand. »Komm, mein Schatz.«

»Pass gut auf die Mutti auf«, rief Gitta der Kleinen nach.

Lina winkte, und auch Susanne lächelte scheu. Dann wandte sie sich rasch ab und ging.

Gitta Schneider hockte auf der Straße und wischte sich über das Gesicht. Eva half ihr hoch.

»Kommen Sie!« Sie führte die Witwe zu einem der herumstehenden Streifenwagen. »Nehmen Sie sie mit?«

Die Polizisten nickten und setzten Gitta Schneider in den Fond. Die Türen klappten, der Wagen fuhr mit Blaulicht davon.

Eva wirkte ziemlich mitgenommen.

Keppler sah sie an und reichte ihr seinen Arm. »Laufen wir ein Stück?«

»Mhm.« Eva warf einem Polizisten den Autoschlüssel zu. »Den Wagen in die Dienststelle.« Dann hakte sie sich tatsächlich bei Keppler unter. Fast wie früher.

Das Erste

rbb
RUNDFUNK BERLIN-BRANDENBURG

Oliver G. Wachlin
BLINDER GLAUBE
Kriminalroman nach der gleichnamigen
ARD-Serie »Tatort«
© Das Erste / Rundfunk Berlin-Brandenburg (rbb)
Agentur: WDR mediagroup licensing GmbH
Nach dem Tatort-Krimi von Andreas Pflüger
Broschur, 160 Seiten
ISBN 978-3-89705-660-2

»Hitverdächtig. Auf die Bestsellerverfilmung folgt nun die Quotenhitverschriftlichung.« tvmedia

mdr

Oliver G. Wachlin
TODESSTRAFE
Kriminalroman nach der gleichnamigen
ARD-Serie »Tatort«
© Das Erste / MDR, Lizenz durch Telepool GmbH
Agentur: WDR mediagroup licensing GmbH
Nach dem Tatort-Krimi von Mario Giordano
und Andreas Schlüter
Broschur, 176 Seiten
ISBN 978-3-89705-665-7

»Der gelungene Einstieg eines neuen Teams.«
Kriminalakte

radiobremen

Christoph Ernst
STRAHLENDE ZUKUNFT
Kriminalroman nach der gleichnamigen
ARD-Serie »Tatort«
© Das Erste / Radio Bremen
Agentur: WDR mediagroup licensing GmbH
Nach dem Tatort-Krimi von Christian Jeltsch
Broschur, 160 Seiten
ISBN 978-3-89705-666-4

»Eine spannend präsentierte Story mit Aktualitätsbezug, Action und einem unvorhersehbaren Final-Twist.« www.buchwurm.de

Das Erste

WDR

Martin Schüller
DIE BLUME DES BÖSEN
Kriminalroman nach der gleichnamigen
ARD-Serie »Tatort«
© Das Erste, WDR
Agentur: WDR mediagroup licensing GmbH
Nach dem Tatort-Krimi von Thomas Stiller
Broschur, 160 Seiten
ISBN 978-3-89705-658-9

»Viel mehr als eine bloße Drehbuch-Niederschrift: fesselndes Kopfkino für ›Tatort‹-Fans!« Hörzu

BR

Martin Schüller
A GMAHDE WIESN
Kriminalroman nach der gleichnamigen
ARD-Serie »Tatort«
© Das Erste / BR, Lizenz durch Telepool GmbH
Agentur: WDR mediagroup licensing GmbH
Nach dem Tatort-Krimi von Friedrich Ani
Broschur, 160 Seiten
ISBN 978-3-89705-664-0

»Die Sympathie für die kleinen Leute schimmert in der Romanfassung vielleicht sogar etwas stärker als im Film durch. Ein guter Krimi.« Kriminalakte

SR

Martin Conrath
AUS DER TRAUM ...
Kriminalroman nach der gleichnamigen
ARD-Serie »Tatort«
© Das Erste / Saarländischer Rundfunk
Agentur: WDR mediagroup licensing GmbH
Nach dem Tatort-Krimi von Fred und
Léonie-Claire Breinersdorfer
Broschur, 176 Seiten
ISBN 978-3-89705-661-9

»Die Charaktere werden plastisch gezeichnet.«
Kriminalakte

Das Erste

NDR

Hannes Nygaard
ERNTEDANK
Kriminalroman nach der gleichnamigen
ARD-Serie »Tatort«
© Das Erste / NDR, lizenziert durch Studio Hamburg
Distribution & Marketing GmbH
Agentur: WDR mediagroup licensing GmbH
Nach dem Tatort-Krimi von Angelina Maccarone
Broschur, 176 Seiten
ISBN 978-3-89705-659-6

»Hannes Nygaard, der seit vielen Jahren Kriminalromane schreibt, die im norddeutschen Raum, vor allem in der Gegend um Husum spielen, hat sich dieses Tatorts angenommen.« NDR 1 Niedersachsen

SWR

Susanne Kraft
SEENOT
Kriminalroman nach der gleichnamigen
ARD-Serie »Tatort«
© Das Erste / Südwestrundfunk (SWR),
lizenziert durch SWR Media Services GmbH
Agentur: WDR mediagroup licensing GmbH
Nach dem Tatort-Krimi von Dorothee Schön
Broschur, 208 Seiten
ISBN 978-3-89705-663-3

»Der idyllische Bodensee wird zum Schauplatz blutiger Verbrechen.« Auf einen Blick

SWR

Martin Conrath
VERMISST
Kriminalroman nach der gleichnamigen
ARD-Serie »Tatort«
© Das Erste / Südwestrundfunk (SWR).
lizenziert durch SWR Media Services GmbH
Agentur: WDR mediagroup licensing GmbH
Nach dem Tatort-Krimi von Christoph Darnstädt
Broschur, 160 Seiten
ISBN 978-3-89705-735-7

»Zwanzig Jahre Lena Odenthal: Krimiautor Martin Conrath ist eine packende Romanfassung des Jubiläums-TV-Stoffs gelungen.«

Das Erste

WDR

Martin Schüller
MOLTKE
Kriminalroman nach der gleichnamigen
ARD-Serie »Tatort«
© Das Erste, WDR
Agentur: WDR mediagroup licensing GmbH
Nach dem Tatort-Krimi von Axel Götz,
Jan Hinter und Thomas Wesskamp
Broschur, 160 Seiten
ISBN 978-3-89705-734-0

»Martin Schüller hat den Grimme-Preisgekrönten Klassiker gekonnt umgesetzt: stimmig und auf den Punkt geschrieben bringt er einen der größten Momente der Fernsehgeschichte aufs Papier.«

WDR

Martin Schüller
TEMPELRÄUBER
Kriminalroman nach der gleichnamigen
ARD-Serie »Tatort«
© Das Erste, WDR
Agentur: WDR mediagroup licensing GmbH
Nach dem Tatort-Krimi von Magnus Vattrodt
Broschur, 160 Seiten
ISBN 978-3-89705-733-3

»Hier bekommt man, was draufsteht: Einen Original-Tatort mit original Tatort-Stimmung, spannend und aus einem Guss.« Münstersche Zeitung

hr

Uli Aechtner
BEVOR ES DUNKEL WIRD
Kriminalroman nach der gleichnamigen
ARD-Serie »Tatort«
© Das Erste / hr, Frankfurt
© 2009 hrMedia Lizenz- und Verlagsgesellschaft mbH
Agentur: WDR mediagroup licensing GmbH
Nach dem Tatort-Krimi von Henriette Piper
Broschur, 160 Seiten
ISBN 978-3-89705-662-6

»Romanautorin Uli Aechtner setzt die packende Dramaturgie des Filmplots mit ruhiger Hand um und führt die Figuren sensibel durch einen fast erschreckend realen Kriminalfall.«

Das Erste

NDR

Hannes Nygaard
BOROWSKI UND DIE EINSAMEN HERZEN
Kriminalroman nach der gleichnamigen
ARD-Serie »Tatort«
© Das Erste / NDR, lizenziert durch Studio Hamburg Distribution & Marketing GmbH
Agentur: WDR mediagroup licensing GmbH
Nach dem Tatort-Krimi von Thomas Schwank
Broschur, 160 Seiten
ISBN 978-3-89705-745-6

rbb
RUNDFUNK BERLIN-BRANDENBURG

Oliver G. Wachlin
TODESBRÜCKE
Kriminalroman nach der gleichnamigen
ARD-Serie »Tatort«
© Das Erste / rbb Rundfunk Berlin-Brandenburg (rbb)
Agentur: WDR mediagroup licensing GmbH
Nach dem Tatort-Krimi von Frauke Hunfeld
Broschur, 160 Seiten
ISBN 978-3-89705-746-3

mdr

Oliver G. Wachlin
SCHWARZER PETER
Kriminalroman nach der gleichnamigen
ARD-Serie »Tatort«
© Das Erste / MDR, Lizenz durch Telepool GmbH
Agentur: WDR mediagroup licensing GmbH
Nach dem Tatort-Krimi von Katrin Bühlig
Broschur, 160 Seiten
ISBN 978-3-89705-744-9

Das Erste

WDR

Martin Schüller
DAS EWIG BÖSE
Kriminalroman nach der gleichnamigen
ARD-Serie »Tatort«

Agentur: WDR mediagroup licensing GmbH
Nach dem Tatort-Krimi von Rainer Matsutani
Broschur, 160 Seiten
ISBN 978-3-89705-748-7

WDR

Martin Schüller
DAS PHANTOM
Kriminalroman nach der gleichnamigen
ARD-Serie »Tatort«

Agentur: WDR mediagroup licensing GmbH
Nach dem Tatort-Krimi von Norbert Ehry
Broschur, 160 Seiten
ISBN 978-3-89705-747-0

BR

Hannsdieter Loy
STARKBIER
Kriminalroman nach der gleichnamigen
ARD-Serie »Tatort«

Agentur: WDR mediagroup licensing GmbH
Nach dem Tatort-Krimi von Michael Wogh
Broschur, 176 Seiten
ISBN 978-3-89705-743-2

Das Erste
tatort
Deutschlands erfolgreichste Krimireihe
Die beliebtesten Ermittler, die besten Fälle.
Jetzt überall auf DVD im Handel!
© ARD Landesrundfunkanstalten, ORF, SF. Lizenzen durch Bavaria Media GmbH, Degeto Film GmbH, hr Media Lizenz- und Verlagsgesellschaft mbH, rbb media GmbH, Studio Hamburg Distribution & Marketing GmbH, SWR Media Services GmbH, Telepool GmbH und WDR mediagroup licensing GmbH.
DUISBURG
tatort
SCHIMANSKI-BOX
MÜNSTER
tatort
THIEL/BOERNE-BOX
KIEL
tatort
REIFEZEUGNIS
REGELMÄSSIG NEUE EINZEL-FOLGEN UND BOX-SETS – DAS IDEALE GESCHENK!
Ausführliche Infos unter www.tatort.aufdvd.de
BR hr NDR radiobremen rbb SR SWR WDR ORF SF